KB210145

제
유

제유

구모룡 지음

모악

「시인수업」 시리즈를 펴내며

21세기 들어 문학의 향방을 가늠하기 어려워졌다. 문학의 위기론이 끊이지 않는 가운데 근대문학의 종언이 선언되는 지경에 이르렀다. 이것은 우리 시대의 삶이 다변화되고 사유 방식과 경험의 질이 이전과는 달라졌다는 의미이기도 하다. 문학을 둘러싼 환경의 변화는 문학을 생산하고 소비하는 방식에도 영향을 주고 있다.

하지만 이러한 변화 앞에서 문학의 대응력이 적절했는지는 여전히 의문으로 남는다. 독자들이 문학으로부터 떠나게 된 중요한 요인 가운데 하나는 동시대와 최선을 다해 갈등하고 최선을 다해 화해하지 못한 문학에 책임이 있다는 점을 우리는 인정해야 한다. 이제 새로운 관점에서 새로운 방법으로 동시대의 삶과 문학에 대한 접근이 필요해졌다. 인간의 삶을 중요한 제재로 삼고 있는 문학이 바로 인간의 삶 속에서 스스로의 위상을 재정립할 필요가 대두되고 있는 것이다.

우리는 시는 삶에서 나온다는 점, 우리 모두는 성실하게 자신의 삶을 살아가고 있다는 점, 그렇기 때문에 우리 모두는 (아름다운) 시를 쓸 수 있다는 것을 믿는다. 형용사 '아름다운'을 괄호 속에 두는 이유는 그것이 말해질 수 없는 것이기 때문이다. '아름다운'은 시 자체가 아니라 인간, 삶, 사회, 역사, 세계, 그리고 언어 등 시를 구성하는 모든 것들의 관계를 보여준다. 그러므로 시는 시인의 전유물이 아니라 우리 모두의 삶이 되어야 하고, 삶은 (아름다운) 시가 되어야 한다.

누구나 자신만의 삶을 살아가는 것처럼, '모악'이 펴내는 「시인수업」 시리즈는 우리 모두가 시적인 삶을 살아갈 수 있는 영감을 줄 것이다. 삶의 현장을 벗어나지 않으면서도 삶에 구속되지 않는 시 쓰기야말로 새로운 시대를 맞이하는 새로운 작법(作法)이자 미의식이 될 거라고 믿기 때문이다. 모쪼록 이 시작법 시리즈를 통해 우리 모두의 삶이 서로 만나고 관계 맺는 (아름다운) 시적 성취가 이루어질 수 있기를 바란다.

이슬 한 방울의 우주

은유를 비유의 왕좌에 올려놓은 것은 그리 오래된 일이 아니다. 거슬러 올라가면 제유가 도사리고 있음을 알게 된다. '이슬 한 방울의 우주'라는 구절은 은유이기도 하지만 제유로 이해할 때 더 큰 의미를 지닌다. 나와 너라는 은유의 문법에서 비인칭으로 귀환하는 과정이 있는 것이다. 이러한 점에서 제유는 은유보다 근본비유이다.

내가 제유라는 문제의식을 품은 때는 조지훈의 시론을 공부하던 1980년대 초반이다. 유기론과 제유의 수사학이 밀접하다는 사실을 인식한 것이다. 유기론이 동아시아의 사유형태이므로 은유중심의 사유와 다른 행로가 제유를 통해 드러날 것이라는 생각을 줄곧 하게 되었다. 은유와 환유를 상호 연접하면서 이를 가로지르는 제유가 가지는 의의를 밝히고자 한 것이다.

동아시아 미학을 관류하는 제유의 수사학에 대한 저술 (한국연구재단의 지원을 받은 『제유—동아시아의 시적 수사학』)은 미완 상태로 진행 중이다. 쉽게 마무리할 수 없는 난제들이 여럿 놓여 있는데 무엇보다 구체적인 세목에서 유발되고 있다. 특히 음악과 회화 그리고 건축 등에 대한 갈피를 아직 제대로 잡지 못했다. 이런 가운데 시론 혹은 시창작론의 차원에서 문고본 수준의 개념 정리를 제안 받은 것이다.

  이 책은 내가 정한 의도가 아니라 「모악」 출판사의 요청에 부응하여 출간된다. 시론을 공부하거나 시를 쓰는 이들에게 도움이 될 내용으로 서술하였다. 더 많은 예시를 담지 못한 것이 아쉽지만 그런 대로 의미가 없지 않을 것이라 기대한다.

2016년 가을

구모룡

|차례|

1
제유라는 문제

시를 형성하는 기본 틀을 흔히 은유와 리듬이라고 한다. 은유는 사물과 만나는 시인의 마음을 표현하는 방법을 아우르는 비유법이다. 리듬은 생동하는 율동으로 기존의 율격을 비집고 나오거나 해체하면서 구체적인 느낌을 전달한다. 그런데 은유와 리듬은 개성을 지닌 시인에게 있어서 기본기에 속한다. 좁은 의미의 은유(metaphor)는 시의 한계가 될 수 있다. 시를 은유 놀이에 둘 때 시인의 인식 지평은 확장되지 않으며 그만의 리듬 또한 창출되지 못한다. 은유에서 출발하더라도 은유를 넘어서야 하는 까닭이 여기에 있다. 특히 은유와 환유(metonymy)의 이분법으로 시의 수사학을 설명할 때 틈새가 생기는 사실을 주목해야 한다. 시인에게 있어서 은유와 환유는 인식과 표현의 경향이다. 은유를 넘어서는 일이 환유를 선택하여 대체되는 것은 아니다. 이 둘은 상호 길항하는 가운데 시적 긴장을 더한다. 그런데 근본에 있어서 이 둘의 이분법으로 설명할 수 없는 수사법이 존재한다. 그것이 제유(synecdoche)이다.

그동안 시에 있어서 제유의 수사학은 주목받지 못했다. 제유를 주변에 두는 서구의 주류 시학과 수사학을 수용해 온 이론적 흐름 탓이다. 서구의 수사학은 은유와 환유의 이분법 또는 은유중심주의로 축소되어 왔다. 은유중심주의는 아리스토텔레스에 연원을 둔 오랜 전통이다. 아리스토텔레스는 모든 비유적 의미의 전이를 은유로 포괄하였는데 은유중심주의는 이러한 은유로의 환원을 강조한다.[1] 그러나 이러한 은유중심주의는 현대에 와서 부각되는 환유의 문제에 의해 설득력이 약화된다. 야콥슨의 이분법과 더불어 은유와 환유는 현대 수사학의 기본 축으로 일반화되었다.

소쉬르의 언어학 모델을 좇은 야콥슨은 제유와 아이러니를 환유에 포함시킨다. 그리고 은유를 시의 비유법과 관련시키고 환유를 사실적인 산문과 연관시킨다. 그의 이러

---

1) 아리스토텔레스, 최상규 역, 『시학』, 예림기획, 1997, pp. 56-58.

한 이분법은 오늘날 문화를 해석하는 원리로 광범위하게 적용되고 있다. 그는 계열체적 관계의 유사성과 선택 행위가 은유의 원리이며 연합체적 관계의 인접성과 결합 행위가 환유의 원리라 규정한다. 그리고 전자는 장르 상으로 시, 유파 상으로 낭만주의와 상징주의로 나타나며 후자는 장르 상으로 산문(소설), 유파로 리얼리즘으로 표출된다. 그런데 이러한 은유와 환유의 대립 쌍은 언어와 문학에 적용되는 데 그치지 않고 더 많은 문화 현상들을 설명하는 경향으로 나아간다. 드라마가 은유라면 영화는 환유이고 몽타주가 은유라면 클로즈업은 환유라는 등, 그 적용이 크게 확장되고 있다.[2]

은유(metaphor)	환유(metonymy)
연합(paradigm)	통합(syntagm)
유사성(similarity)	인접성(contiguity)
선택(selection)	결합(combination)
대체(substitution)	조직(contexture)
인접성 혼란(contiguity disorder)	유사성 혼란(similarity disorder)
조직 결핍(contexture deficiency)	체 결핍(selection deficiency)

---

2) David Lodge, The Modes of Modern Writing, Edward Arnold, 1977, p. 81.

드라마	영화
몽타쥬	접사(close-up)
꿈-상징주의	꿈-응축과 치환(condensation & displacement)
초현실주의	입체파
모방 주술(imitative magic)	감염 주술(contagious magic)
시	산문
서정	서사
낭만주의와 상징주의	리얼리즘

　이처럼 은유와 환유는 언어학, 수사학, 심리학(정신분석학), 문화연구, 인류학, 문예학 등 인문학 전반의 영역에서 서로 다른 과정을 지닌 두 가지 패턴으로 수용되고 있다. 말하거나 쓸 때 우리는 가능한 범위의 등가물들 속에서 기호들을 선택하고 그들을 결합하여 하나의 문장을 만들어낸다. 그런데 단어를 선택하는 과정뿐 아니라 단어를 결합하는 과정에서도 우리가 등가물들에 주의를 쏟게 되는 것이 시를 읽을 때 일어나는 일이다. 우리는 의미로든 리듬으로든 소리로든 또는 어떤 다른 방식으로든 등가적인 단어들을 함께 묶는다. 이것이 "시적 기능은 선택의 축에서부터 결합의 축에 이르는 등가의 원리를 투사한다."라고 한 야콥

슨의 정의이다. 달리 말해서 시에 있어서는 "유사성이 인접성에 덧붙여진다."는 것이다. 그런데 야콥슨의 시적인 것에 대한 수사학적인 규정은 달리 제유로도 보인다. 그가 이를 제유로 이해할 수 있는 여지를 봉쇄한 것은 아니지만 그럼에도 은유와 환유라는 이분법으로 설명하려 한다. 소쉬르에 연원한 이항대립의 원리를 벗어나지 않기 때문이다.

이러한 이분법에서 문제가 되는 것이 제유이다. 야콥슨에게서 제유는 환유와 동일한 수사학적 범주에 속한다. 그는 환유와 구별되는 제유의 속성을 그리 중요하게 생각하지 않는다. 이와 달리 '그룹 뮈(μ)'는 제유를 논의 중심에 두는데,[3] 은유와 환유는 제유에 포괄된다. 제유의 문제는 이분법으로 줄어들기 이전의 수사학을 추적할 때 더욱 뚜렷하다. K. 버크나 H. 화이트는 야콥슨 등의 이분법 대신에 사분법을 선택한다.

---

3) 박성창, 『수사학과 현대프랑스 문화이론』, 서울대출판부, 2002, p. 53.

2
제유의 수사학

    제라르 쥬네트는 은유 중심으로 축소된 서구의 수사학을 '줄어드는 수사학'이라고 지적한 바 있다. 그에 의하면 옛날의 수사학에서 현대에 이르기까지 수사학의 역사는 일반화된 줄이기의 역사이다. 가장 먼저 아이러니가 제외된다. 아이러니는 표현법의 문채로서 유사비유로 규정되기 때문이다. 다음으로 축출되는 것이 제유이다. 제유의 환유에로의 축소는 거의 일방적이다.[4] 이러한 축소는 은유와 환유에 관한 우리의 시야를 넓혀주는 동시에 혼란에 빠뜨린다. 은유가 환유나 제유를 비롯한 다른 비유법과 그 성

---

  4) 제라르 쥬네트, 김현 편, 「줄어드는 수사학」, 『수사학』, 문학과지성사, 1985, pp. 122-127.

격과 본질에서 다른 것인지, 은유와 환유 속에 제유가 숨어 있는 것인지 아니면 제유와 환유가 본질적으로 구분되는 것인지 의문을 남기고 있는 것이다.[5]

은유와 환유의 이분법은 앞에서 여러 가지 분석 패턴을 통해서 알 수 있듯이 유익한 설명 틀임에 틀림이 없다. 그렇지만 시적인 것의 정의에서 보듯이 이 둘을 가로지르거나 해체하는 수사법의 가능성이 있을 수 있다. 따라서 보다 유연하게 현상을 설명하기 위하여 축소 지향의 근대 이전으로 돌아가 논의를 새롭게 할 필요가 있다. 16세기의 수사학자들은 은유, 환유, 제유, 아이러니 등 네 가지 형식으로 말의 표현을 분류했으나 그 형식들의 상호 배타성을 강조하지 않았기 때문에 근대의 수사학자들이 선호하는 양극 구조가 제시한 것보다 훨씬 유연하고 풍부하게 시적 이야기 개념과 기묘한 문학 형식의 구분법을 보였다. 가령 G. 비코는 인류가 야만에서 문명으로 발전한 의식의 단계를 구분하는 토대로써 네 가지 비유법을 이용하였다. 그는 시적(신비로운) 의식과 산문적(과학적) 의식을 대립으로 이해하는 대신 연속성으로 보았다.[6] 이처럼 이분법이 아니라 사분법 등 유연한 방식을 선택할 경우 사유와 표현의 방식

---

5) 박성창, 앞의 책, pp. 24-25.
6) H. 하이트, 천형균 역, 『메타역사』, 문학과지성사, 1989, p. 48.

에 대한 설명이 보다 구체적이 될 수 있다. 이러한 점에서 과거로 돌아갈 것을 권고하는 제라르 쥬네트의 입장이 주목된다.[7] 실제 제유에 대한 새로운 해석이나 예의 사분법이 가지는 유연성 등을 생각할 때 이분법 혹은 은유중심주의로 축소된 신수사학의 한계는 분명하다.

사분법 : 은유, 환유, 제유, 아이러니

K. 버크나 H. 화이트는 사분법을 선택한다. K. 버크는 네 가지 주요 비유법으로 은유, 환유, 제유, 아이러니를 들고 이것들을 어떤 표현에 있어서도 나타나거나 감추어진 여러 사상 형태들로 규정한다.[8] 따라서 이들을 통해 진리를 발견하고 묘사하는 과정을 알 수 있다는 것이다. 그는 우선 네 가지 비유가 축어적으로 사용될 경우 다음과 같이 대체될 수 있음을 지적한다.

> 은유–관점
> 환유–환원
> 제유–재현
> 아이러니–변증법

---

7) G. 쥬네트, 앞의 논문, p. 143.
8) K. Burke, A Grammar of Motives, University of California Press, 1969, pp. 503-517.

은유는 한 사물을 그 자체로 보지 않고 다른 사물의 관점에 의해 보는 태도이다. 그리하여 저것 속에 숨어 있는 이것이 드러나고 이것 속에 숨어 있는 저것이 드러난다. 은유란 한 특성을 그 자체로서 언급하지 않고 또 다른 특성의 관점에서 언급하는 것이다. B의 관점에서 A를 본다는 것은 다시 말하면 A를 보기 위한 관점으로 B를 이용하는 것이다. 이러한 은유는 버크에 의하면 시적 실재론과 연관된다. 여러 특성의 실재성 여부는 많은 다양한 관점들을 통해 획득된다. 은유와 관점의 관계는 어떤 개념이 한 영역에서 다른 영역으로 건너뛰는 것이며 두 영역이 동일하지 않는 이상 어느 정도 부조화가 수반되기 마련인데, 17세기 시인들의 기상(conceit)도 이와 무관하지 않다. 환유의 기본 전략은 추상적이고 무형적인 것을 구체적이고 유형적인 것의 관점에 입각하여 설명하는 것이다. 이는 먼저 과학적 실재론의 과정과 연관된다. 과학적 실재론은 시적 실재론이 실체를 지향하는 것과 달리 조작에 보다 많은 관심을 기울인다. 그런데 시인에게 환유는 시적 실재론이 된다. 시인은 자신의 환유를 실체적인 환원이라고 생각하지 않는데 이는 과학에서의 환원과 달리 행동의 동기로서의 심리적 상태가 물질적인 용어로 환원되지 않기 때문이다. 시인은 정신을 물질적인 차원에서 해석하고 과학자는 측정의 재료로 삼는 육체적 반응에 주목하기 때문에 커다란 차이를 드러내게 된다. 재현이라는 측면에서 은유와 환유와 제유는 겹친다. 그럼에도 재현의 중심에 제유를 배치하였다는 점이 중요하다. 부분과 전체의 관계, 전체와 부분의 관계, 만들어진 물건과 재료의 관계(이것은 환유에 근접함), 원인과 결과의 관계, 결과와 원인의 관계, 유와 종의 관계 등이 제유이다. 버크의 이러한 제유관은 라이프니츠가 말한 단자론과 밀접하다. 라이프니츠가 말한 재현이 곧 제유인 셈이다. 그는 은유와 환유에 비하여 제유를 더 광범하게 적용한다. 정치이론, 감각적 재현, 예술적 재현 등을 모두 제유의 재현으로 받아들인다. 그런데 그는 환유를 제유의 한 특수 용법으로 보기도 한다. 이는 이분법에서와 같이 제유가 환유나 은유에 귀속되는 양상과 판이하다. 환유는 질을 양으로 치환하는 것에 한정되는 반면 제유는 질과 양 사이의 관계에서 질에서 양으로, 양에서 질로 모두 향할 수 있다. 버크가 비판하려는 것은 과학적 실재론의 환원주의다. 그는 삶의 여러 영역에서 제기되는 환원주의적 해석의 폐해를 지적하고 있다. 버크가 가장 강조하고 있는 것은 아이러니다. 이 점이 그의 수사학이 지닌 개성인데 은유–환유–제유–아이러니의 순으로 보이지 않는 단계가 있는 듯하다. 그는 은유, 환유, 제유를 시적 실재론과 연관시키면서 아이러니는 극적인 것에 배치한다. 그리고 극적인 것을 변증법이라고 설명하고 있다.: "우리가 희곡의 극중 인물에서 볼 수 있듯이 인간의 역할은 하나의 슬로건이나 공식, 간단한 문장이나 관념으로 압축해서 표현할 수 있다. 역할은 인물에 본질적으로 속하는 성질을 반영하면서 상황이나 다른 인물과의 관계 속에서 새롭게 변화하기도 한다. 마찬가지로 압축된 관념이란 인물의 성질과 그와 관련된 여러 요소들을 반영하는 것이어야 한다. 이러한 관념이 살아서 움직이는 것, 그것이 바로 희곡이다. 반면에 극중 인물이 관념적으로 압축된 것, 그것이 바로 변증법이다."

버크는 변증법적 관념과 극적 인물의 관계를 "인물이 없는 관념을 생각할 수 없듯이 관념이 없는 인물도 생각할 수 없다."는 말로 다시 요약한다. 그런데 많은 이들이 은유, 환유, 제유를 아이러니와 다른 층위의 수사학으로 이해한 것과 달리 그는 제유와 아이러니를 연계한다. 제유에서 자리바꿈이 가능한 것을 아이러니가 변주할 수 있다는 것이다. 가령 예를 들어 질병과 치유의 제유는 "질병은 치유를 완성하며 치유는 질병의 영향력을 영속화한다."라는 아이러니로 표현될 수 있다는 것이다. 아이러니에 대한 버크의 강조는 역사적 상대주의를 극복해야 한다는 그의 입장과도 결부된다. 모든 사건들이나 입장들이 언제나 함께 공존하지만 시대에 따라서 그 비중이 달라지는 장으로 역사를 이해하려는 것이다.

버크의 수사학은 사유의 방식이자 세계관이다. 그는 극적인 것에서 모든 관점을 총괄하고 전체를 대표하는 총체적 인물이나 특성의 부상을 제유적이라 생각한다. 반면 아이러니는 가장 대표적인 인물이나 특성도 부차적 역할과 본질적인 역할을 동시에 가지면서 역동적인 종합과정을 보인다는 것이다. 아이러니를 통하여 그는 어느 정도 역사관을 피력하고 있는데 이러한 관점을 발전시킨 이가 H. 화이트이다. 화이트는 은유와 환유와 제유와 아이러니를 다음처럼 구별하고 있다.[9]

　은유-재현적-대상과 대상-동일성-형식주의
　환유-환원적-부분과 부분-외재성-기계론
　제유-통합적-대상과 전체-내재성-유기론
　아이러니-부정적-확인된 것의 부정-변증법-텍스트주의

화이트에 의하면 비유법들은 명확한 산문적 표현으로 설명하기를 거부하는 경험의 내용들을 비유적으로 파악할

---

9) H. 화이트, 앞의 책, pp. 47-55.

수 있는 작용을 이해하는 데 특히 유용하며, 의식적인 이해의 길을 열어준다. 그는 은유를 재현적인 것, 환유를 환원적인 것, 제유를 통합적인 것, 아이러니를 부정적인 것으로 이해한다. 은유는 유추나 직유라는 방법을 통해서 현상이 어떻게 같고 다른가를 규정할 수 있다. 이것은 대상과 대상의 유사성에 기반하며 문장으로는 동일성의 형식이다. 화이트는 이러한 은유를 "내 사랑 장미"와 같은 표현을 들어 다음처럼 설명하고 있다.

예를 들면, "내 사랑 장미"와 같은 은유적 표현은, 애인의 재현체로서 장미의 정당성을 증명하고 있다. 두 대상 사이에는 분명히 다른 점이 있음에도 불구하고, 그 표현은 두 대상 사이에 존재하는 유사성을 강조한다. 그러나, 애인과 장미와의 동일성은 다만 문자 상으로만 강조되고 있을 뿐이다. 어법은 비유적으로 사용되었으며, 애인의 아름다움·소중함·우아함 등을 가리키고 있다. "사랑"이라는 말은 특정한 개인에 대한 징표로서의 구실을 하지만, "장미"라는 말은 애인이 지니고 있는 속성에 대한 "비유"나 "상징"으로서 해석된다. 애인은 장미와 결합되지만 그녀(또는 그)가 장미와 같은 특성을 지니고 있으며 애인으로서의 특징을 유지하고만 있다는 의미에서만 그러하다. 만약 그 말을 환유적으로 해석한다면, 애인은 장미로 환원되지 않으며, 그 표현이 제유로 이해되는 경우에 있어서도 애인의 본질은 장미의 본질과 결합되지 않는다. 또한 분명히 아이러니의 경우에 있어서와 같이, 확인된 것을 묵시적으로 부정하는 표현으로 받아들여지지도 않는다.[10]

환유는 사물의 한 부분의 명칭이 사물 전체의 명칭 대신 사용되는 경우가 많다. 즉 부분으로 환원되는 것인데 부분과 부분이 결합하여 객관적인 형태로 전체를 만든다. 제유는 전체 속에 내포된 어떤 특성을 표시하는 작용을 통해서 현상을 규정한다. 한 대상은 내적인 관계에서 이보다 더 큰 전체를 나타낸다.[11] 아이러니는 문자 상으로 분명히 확인된 것이 비유의 수준에서 부정되는 방법으로 실체를 확인한다. 은유와 환유와 제유와 달리 아이러니는 감정적, 자의식적인 특성을 갖는다. 아이러니는 비유 언어의 오용을 인식한 자의식의 각성을 통해서 발전한다. 아이러니와 환유와 제유는 모두 비유(넓은 의미의 은유)이지만 환원과 통합이라는 형태에서 다르다. 비유법은 문자 상의 의미에 영향을 미치고, 마침내는 그러한 설명형식에 의해서 비유의 수

<hr>

10) H.화이트, 위의 책, pp. 50-51.
11) K. 버크는 소우주와 대우주의 관계와 같은 양상을 "고상한 제유", "이상적인 제유"라고 한 바 있다.

준에까지 이르게 된다. 은유는 본질적으로 재현적이고, 환유는 환원적이며, 제유는 통합적이고, 아이러니는 부정적이다. 또한 은유는 대상과 대상의 유사성 혹은 동일성이라는 형식으로 나타나며 환유는 부분과 부분의 관계형식이 상호 연관성을 맺고 있는 것으로 현상을 외재적으로 이해하는 형식이다. 환유가 현상계를 외재적 관계로 이해한다면 제유는 특성을 지닌 내재적 관계라는 방법으로 부분의 총화나 오직 소우주의 모사체로서의 부분의 총화와는 질적으로 다른, 전체 내의 통합으로 부분을 해석한다. 마지막으로 아이러니는 언어의 자기 부정에 의한 자의식적 은유의 이용이라는 측면에서 변증법적이다. 그런데 이러한 비유법은 곧 사유형태이며 은유, 환유 제유, 아이러니는 각각 형식주의, 기계론, 유기론, 텍스트주의에 대응한다.

옛 수사학으로 환원된 사분법에서 은유, 환유, 제유, 아이러니는 대등한 비유가 된다. 여기서 주목되는 것은 이들 각각의 사유형태이다. 은유는 형식주의적 사유로 나타나며 형식주의자는 일련의 특정한 대상이 분명히 확인되고 대상의 종류와 독특한 속성이 밝혀지고, 특성에 붙어 다니는 꼬리표가 드러나게 될 때, 설명이 완성된다고 본다. 유기론의 사유로 나타나는 비유법은 제유이다. 유기론자는 소우주와 대우주의 상관관계라는 패러다임에 대한 형이상학적인 열정을 지니고 있으며 개개의 실체를 과정의 구성요소로 이해한다. 또한 유기론자는 부분의 총화보다 더 큰 전체의 통합을 보려한다. 반면 환유의 비유법이 유발하는 기계론적 사유는 부분과 부분의 관계 양식에 주목한다. 기계론자는 환원적인 인과법칙의 발견에 의존한다. 아이러니의 비유법이 형성하는 텍스트주의는 행위자와 동인의 상관관계에 관심을 기울이며 현상의 상대적 통합을 추구한다. 이러한 텍스트주의자는 기계론자들이 가정한 보편적인 인과법칙이나 유기론자들이 가정한 목적론적 원리를 부정한다.[12]

근본비유로서의 제유

은유, 환유, 제유, 아이러니를 대등하게 설명하는 사분법과 달리 제유를 근본비유(master trope)로 이해하는 경우가 있다. '그룹 뮈(μ)'는 제유를 논의의 중심에 둔다. 이들은 고전수사학의 "전의적 비유"를 "어의변환"—어떤 어의를 다른 어의로 대체시키는 문채—으로 규명하는데 일반적으로 제유(일반화의 제유)를 특수에서 일반으로, 부분에서 전체로, 소에서 다로, 종에서 유로 넘어가는 유형으로 "보다 작

---

12) H. 화이트, 앞의 책, pp. 25-31.

은 것으로 보다 많이"라는 수사학의 기본 원리를 나타내는 비유로 자리매김하고 본질적인 의미소의 보존이라는 관점에서 제유의 사적 변화 과정을 설명한다. 특히 소설과 같은 산문에서 쓰이는 개별화의 제유는 야콥슨이 환유로 부르고 있는 것이다.[13] 이들에게 은유는 정확히 말하자면 대체가 아니라 한 단어의 의미론적 내용의 수정이다. 이러한 수정은 의미소의 첨가와 삭제라는 두 가지 기본조작이 결합되어 생겨난다. 바꿔 말하면 은유는 두 개의 제유의 결과이다. '동일한' '등가의' 그리고 '유사한'이란 용어(은유)의 목적은 두 개의 대상이 개체를 형성하는 계층과의 비교(제유)에 의한 한계적 계층의 상대적 층위를 대충 가리키는 것뿐이다. 은유적 환원은 독자가 두 개의 사항 사이의 접합점인, 잠재해 있는 제3의 사항을 발견할 때 완성된다.

D→(I)→A (D는 출발점, I는 중계자, A는 도착점.)

한 점에서 다른 점으로의 이동은 담론에서는 항상 부재하는 중계자를 경유하여 이루어지며, 이 이동은 선택된 관점에 따라서 한계적 계층 또는 의미론적 공통부분이 된다.

---

13) 자크 뒤부아 외, 용경식 역, 『일반수사학』, 한길사, 1989, pp. 158-182.

이와 같이 분해된 은유는 I가 D의 제유이며 A가 I의 제유이기 때문에 두 개의 제유의 산물로서 나타난다. 은유를 구축하기 위해서는 정반대의 방법으로 기능을 수행하는 D와 A항 사이의 교차를 규정하는 상호 보완적인 두 제유를 결합시켜야 한다.[14] 그룹 뮈는 야콥슨이 환유라고 규정한 대부분을 제유에 포함시킨다. 은유가 의미소의 공유, 부분의 공유라면 환유는 하나의 의미소 집합 속에 공동 내포 혹은 물질적 전체성 속에 공동 소속을 뜻한다. 모두 제유적 연관 안에서 작동하는 것이다.[15] 이처럼 그룹 뮈의 입장에서 은유와 환유는 제유에 포괄된다. 이들에 의해 제유는 은유와 환유 못지않게 중요한 비유법으로 설명될 뿐 아니라 이들을 통괄하는 위치로 부각된다.

그룹 뮈의 일반수사학의 방법과 다르지만 인류학자인 T. 터너 등이 제유를 근본비유(master trope)로 규정한 관점이 또한 주목된다. E. 오누키-티르니는 제유를 틈새의 (interstitial) 속성으로 설명한다. 이 경우 제유는 은유적 단정의 결과가 환유적으로 연결된 두 가지 의미론적 영역 사이에 유추를 포함하는 다(多)비유(polytrope)의 양상이 된다.[16] 터너 등 인류학자들이 제유를 근본적 비유로 보는 것은 의

---

14) 자크 뒤부아 외, 위의 책, pp. 183-186.
15) 자크 뒤부아 외, 위의 책, p. 204.

미심장하다. 터너는 남미 보로로 부족의 "pa e-do nabure"라는 말을 예로 들어 제유가 내포한 근본성을 설명한다. 보로로 부족의 이 말은 "우리는 앵무새이다.(We are parrots)"와 "우리는 앵무새가 된다.(We become parrots)"로 번역되는데 사람들은 먼저 전자와 같이 번역하여 사람과 앵무새의 동일시 혹은 은유적 발상으로 이해하였다. 하지만 보로로 사람들의 생활양식에 주목한 인류학자들은 이들 부족이 윤회를 믿고 있으며 따라서 앵무새는 죽은 이의 영혼이 육화되는 매개라는 점을 알게 된다. 이럴 때 앞서 제시한 보로로 부족의 말은 후자와 같이 번역되고 제유적 발상으로 설명될 수 있다. 즉 사람과 앵무새가 부분과 전체의 내적 연관성을 가지고 있다는 것이다. 그리고 이러한 연관성은 보로로 부족의 의례에서 나타나는데 이는 그들이 앵무새 깃털로 머리와 몸을 꾸미고 집단적인 행사를 함으로써 깃털–앵무새, 개체–조상 등이 중첩된 부분–전체의 관계를 만들어내는 일로 표출된다.[17] 이러한 사례에서 우리는 먼저 제유가 있고 그 다음 은유와 환유가 나타나며 나아가서 이들

---

16) Emiko Ohnuki-Tierney, "Embedding and Transforming Polytrope", J. W. Fenandez(ed), Beyond Metaphor-The Theory of Tropes in Anthropology, Stanford Univ. Press, 1991, pp.177-187.

17) T. Turner, "We Are Parrots, Twins Are Birds: Play of Tropes as Operational Structure", J. W. Fenandez(ed), op. cit., pp. 121-158.

을 통합하는 제유가 다시 부각됨을 알 수 있다. 이처럼 "은유를 넘어서(beyond metaphor)" 인간의 삶에서 더 복합적이고 역동적으로 모든 비유들이 개입하는 양상을 포착하려는 노력은 지속되고 있다. 비유에 대한 관심은 서구사상뿐만 아니라 여타의 전통에서도 가능한 법이다. 특히 인류학자들은 인간의 행위와 관습에 대한 경험적인 현지연구를 통하여 상호 문화적인 관점에서 비유에 관한 특별한 전망을 제공하고 있다. 이러한 가운데 새로운 이해의 틀로 부각되고 있는 비유가 제유라 할 수 있다. 그리고 이러한 제유는 전통의 재해석을 통한 탈근대 미학을 구성하는 방안으로 이어진다.[18]

제유와 동아시아 유기론

사분법 체계에서든 근본비유로서든 제유는 유기론과 연관되며 동아시아적 사유나 동아시아 미학과 관련하여 특별히 관심의 대상이 된다. 유기론적 사유가 바탕이 되는 동아시아 미학과 수사학에서 제유는 근본비유이다. 그럼에도 그동안 이러한 제유의 원리는 크게 주목되지 못했다. 가령 사라 알란이 말하는 "뿌리은유(root metaphor)"는 제유에

---

18) 이에 대한 것은 Terence Turner, Ibid. pp. 152-154 참조.

가깝다. 실제 그가 기대고 있는 것은 레이코프와 존슨의 은유론이다. "한 문화 안에서 가장 근본적인 가치들은 그 문화의 가장 기본적인 개념들의 은유구조와 밀접하다."는 레이코프와 존슨의 명제에 바탕을 두면서 그는 이를 다시 뿌리 은유로 번역하고 있다. 하지만 "A는 범주 B에 속한다."든가 "모든 존재는 이어져 있다."는 등을 내용으로 하는 뿌리은유는 유기론적 사유방식을 표현하는 제유와 다름이 없다.[19] 사라 알란이 은유 대신에 "뿌리은유"라 명명한 것도 은유를 넘어서 존재하는 근본적인 비유에 대한 관심의 표현으로 볼 수 있을 것이다. 이처럼 은유 중심의 재현 이론에 집중되어 있거나 은유와 환유를 근간으로 하는 서구 수사학 체계를 해체하고 제유의 의미를 동아시아 미학과 관련하여 새롭게 고찰할 필요성이 제기되는 것이다. 서구 중심의 근대 수사학에서 제유는 수사학의 기본 개념이 되지 못한다. 제유는 은유의 한 양상으로 분류되거나 환유의 변이로 취급될 따름이다. 그러나 동아시아에서 제유는 근본 비유(master trope)가 된다. 제유는 가로지르는 구조를 지닌 비유이고 이 안에서 은유와 환유의 상호의존성이 유발된다.[20] 이를 도식화하면 다음과 같다.

19) S. 알란, 오만종 역, 『공자와 노자, 그들은 물에서 무엇을 보았는가』, 예문서원, 1999, pp. 33-45.

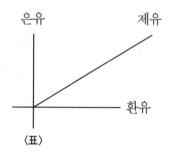

〈표〉

　제유는 은유와 환유의 이분법적 경계를 허물고 잇는 사
고 형식이다. 〈표〉와 같이 제유는 은유와 환유를 가로지르
며 은유와 환유의 평면을 입체화한다. 이는 오래된 전통인
유기론적 사유에 연원하면서 이분법적 세계 인식을 해체
한다. 제유는 대상과 전체를 내적 연관성에서 인식하는 사
유 형태이다. 그런데 현대시학에서 환유의 증가를 중요한
추세로 보는 견해가 있는 반면 유기론적 제유시학의 가능
성이 제기되기도 한다. 이분법에 익숙한 근대 이론들은 대
부분 은유의 다른 편에 환유를 둔다. 그런데 환유는 기계
론과 연관된 사유형태이다. 부분과 부분의 관계가 중시되
며 전체는 이들의 기계적 결합에 의해 형성된다. 근대적 산

---

20) Terence Turner, Ibid. p. 152.

문에 대응하여 시의 반 서정적 서술 경향을 환유의 증대로 보면서 이를 시적 근대성의 일환으로 설명하거나 탈근대의 징후로 해석하는 경향이 없지 않다. 그러나 환유는 부분들의 외재적인 관계만을 중시한다는 데 분명한 한계가 있다. 외재적 관계는 근대적인 관계의 현상형식이다. 또한 환유는 전체와 부분의 관계가 외재적이기 때문에 전체를 보거나 부분을 볼 때 환원적이다. 우선 내적 연관이 무시되어 그렇고 다음으로 부분들이 파편화되기 때문이다.[21]

제유의 수사학은 새로운 관계를 꿈꾸는 사유 형태를 지향한다. 은유가 지향하는 닫힌 동일성을 열어놓고 환유가 드러내는 차이들의 가벼운 유희성을 걷어내면서 동일성과 차이를 서로 연결하고 겹치게 한다. 제유는 가장 오래된 사유의 방법인 유비(類比)를 사유와 수사의 원리로 삼는다. 유비는 단순한 대응이 아니라 원초적인 상호 교감의 체계이다. 그런데 이러한 원초성이 사유의 수준을 의미하는 것은 아니다. 전통적 사유가 자연 유비로 인간의 삶을 해석하였다는 것은 주지의 사실이다. 전통적 사유는 인간적인 것과 자연적인 것 사이의 일치관계에 대한 믿음에 의존하고

---

21) 반다나 시바에 의하면 이러한 환원주의적 사고는 생태학적 균형을 파괴한다. 생명 관계의 전체를 보지 못하기 때문이다. 반다나 시바, 강수영 역, 『살아남기―여성, 생태학, 개발』, 솔, 1998, p. 287.

있는 것으로 인간사회의 법규와 자연의 법칙에 어떠한 분리도 없는 것으로 받아들인다. 천문과 인문의 유비관계는 전통적 사유의 바탕이라 할 수 있다. 전통적 사유에서 자연은 끊임없이 창조하는 전진의 과정이며, 인간은 이 과정 중에 참여하여 화육하는 동등의 창조자로 인식된다. 이러한 사유에 의해 자연과 인간은 둘이면서 하나가 되어 생명 전체는 서로 융화하고 교섭한다. 그래서 우주는 만상을 포괄하는 생명의 약동이며 만상에 충만한 대생기(大生機: vital impetus)로서 잠시도 창조와 화육을 쉬지 않으며, 어느 곳이든 유행되고 관통되지 않는 데가 없다.[22] 이처럼 유비는 인간과 자연이 전일성으로 통섭(統攝)되는 사유형태이다. 이것은 자연적인 것과 인간적인 것의 직접적 통일양식으로서의 일원론적 전체론으로 이어진다.

그런데 자연 유비에 의한 사유 방법은 시학의 차원에서 '생명시학'으로 나타난다. 생명시학은 유기체의 생명현상에 유비하여 시학의 원리를 설명하는 바, 살아 움직이는 유기체가 지닌 생명의 속성은 시적 현상들을 밝히는 기초가 된다. 그런데 생명시학이 단순하게 유기체의 생명현상에 유추된 것으로 국한되지 않는다. 그보다 형이상학적 개념

---

22) 방동미, 정인재 역, 『중국인의 인생철학』, 탐구당, 1983, pp. 164-183.

으로 이끌어 올림으로써 본체론과 시학의 통일을 만든다. 생명시학은 시적 현상을 생명현상으로 설명하는 것일 뿐만 아니라 시를 우주적 생명의 도를 현시하는 과정으로 본다. 그리고 이러한 생명시학은 근대의 언어공학적 '기술시학'에 대립한다. 근대의 시학은 기계적인 제작의 원리를 수용한다. 시를 잘 만들어진 유골항아리에 비유하듯이 생명적 미학보다 기하학적 미학을 지향한다. 따라서 시를 제작의 관점에서 보는 근대의 비 생명시학과 시를 생명현상으로 보는 생명시학은 대립된다. 이러한 생명시학은 사유와 수사의 차원에서 다시 제유의 수사학으로 규정될 수 있다. 제유는 대상과 전체의 관계에서 통합적으로 표현된 내재성에 관한 어법이다. 생명시학은 K. 버크가 '고상한 제유'라고 말한 것과 무관하지 않다.[23] 그가 말하는 고상한 제유란 소우주와 대우주가 동일하다는 형이상학적 주장인 바, 이것은 가장 이상적인 제유의 실례가 된다. 이러한 제유적 사유에 따르면 개인은 우주의 축소판이 되고 우주는 개인의 확대판이 된다. 전체는 부분을 재현하며 부분 또한 전체를 재현한다. 제유적 사유에 의하면 시는 자연에 개재된 원칙들의 표상이 되므로 시 창조의 궁극은 우주와 협력하여 화

---

23) K. Burke, Ibid, pp. 507-511.

육에 참여함으로써 천인합일의 도를 체득하고 서로 화합하여 함께 변화하여서 똑같은 창조를 드러내는 행위와 다르지 않다.

제유는 유기화된 전체성의 사유형태이다. 이것은 중심적인 생명력의 관념, 혹은 순환적 질서의 전체성이 만상의 원리라고 보는 사고형식이다. 이는 소우주와 대우주, 개별성과 전일성의 상관관계라는 형이상학적 패러다임을 지니며, 존재의 모든 양식들이 유기적으로 연결되어 있다는 연속성을 자명한 원리로 삼는다. 이러한 제유시학의 기저에는 저절로 자기 발생하는 생명의 과정이라는 포괄적 자연과 연속적 창조성의 전개로서의 우주에 대한 관념이 놓여 있다. 그렇기 때문에 물질과 정신을 분리시키지 않는다. 우주를 만드는 재료는 정신적이거나 물질적이지 않으며 둘 모두를 포괄하는 하나의 생명력이다. 이러한 점에서 제유의 수사학은 정신과 물질의 이분법에 기초한 서구 근대의 사유형태와 확연히 구별된다.

3
시적 근대성 비판

시학 논의에서 서정 혹은 서정적인 것은 핵심 테마이다. 모든 시가 서정시라는 광의의 서정 개념을 전제한 입장도 그렇지만 시가 서정에서 탈 서정으로 변모해 왔다든가 아니면 서정과 반 서정의 변증법을 지속해 왔다는 입장에서도 서정 개념은 논의의 시종을 장식한다. 서정은 죽었다든가 아니면 서정은 새롭게 태어난다는 등의 죽음과 생존에 관한 본질적 논의들은 대체로 반 서정, 신 서정, 서정의 귀환 등의 입장들로 요약할 수 있는 바, 죽음과 관련한 심각한 처지에서 역설적이게도 논의가 풍부해지고 있음을 목격하게 된다.

확실히 근대 이후 서정은 자기 속에 죽음을 내포한 실존적 장르이다. 근대야말로 서정을 죽이고 시인을 추방하려던 오랜 역사적 기도가 실현되는 장이기 때문이다. 그러나 생명과 죽음에 관한 모든 인간학적 논의들이 그렇듯 시의 죽음이라는 위기 상황이 시의 생존에 관한 갈급함을 더하는 것은 당연한 현상이다.

근대 시학은 근대 속에서의 살아남기와 근대 극복하기라는 근대 미학 일반의 테제를 그대로 부여받으면서도 후자보다 전자에 더 많은 공력을 들일 수밖에 없었다. 도저한 근대를 극복한다는 생각을 갖기 힘들었기에 스스로 근대의 주변 혹은 타자로 자처하거나 근대 안에서 근대를 비판하는 한 영역으로 편입되고 만 것이다. 이러한 점에서 근대시가 모더니즘을 추구해 왔다는 일반론이 가능하다. 그런데 기로에 선 시학은 기로에 선 근대 논의와 맞물려 있다. 큰 흐름에서 모더니즘을 추구해온 근대시가 탈근대 논의와 더불어 모더니즘의 역사성 규정에 관여되는 것은 피할 수 없는 일이다.

근대/탈근대 논의가 모더니즘에 씌워진 보편성의 장막을 들춰내고 그것을 역사적 개념으로 볼 것을 요청하고 있다. 이러한 관점에서 시학은 기로에 섰고 자기를 재정립하지 않으면 안 된다.

근대성과 전통

먼저 근대성(또는 미적 근대성)이라는 말에 이미 의미의 강제가 있음을 지적할 필요가 있다. 그것은 근대성(modernity)은 자명하며 어떠한 경우에도 추구되어야 한다는 형이상적 논리이다. 그러나 이러한 얼굴 없는 보편주의에 놀아날 이유가 없음에도 불구하고 사회의 전반적인 영역에서 근대성 획득이 최선의 목표로 인식되어 온 것이다. 근대성이라는 보편 권력은 모든 영역에서 식민과 제국의 논리를 형성한다. 여기서 이러한 논리를 새삼 거론할 필요를 느끼지 않거니와 한 가지 분명한 사실은 근대성 담론에 내재한 한계를 직시해야 한다는 것이다. 근대성을 보편으로 받아들이는 한 우리가 문화제국주의 혹은 문화식민주의로부터 벗어날 길은 없다.

논의를 한정하여 시적 근대성에 관심을 기울일 때 논란이 적지 않음을 알기 어렵지 않다. 근대적인 시가 이입된 이후 시의 근대적 성격을 둘러싼 논의는 끊이지 않았다. 식민지 시대 김기림이 거의 맹목의 수준에서 시적 근대성을 추구하는 과정을 보인 이후 김수영과 황지우 등에 의한 비판적 수용에 이르기까지 근대시학의 역사는 시적 근대성 추구를 정점으로 논의의 부챗살을 펼쳐왔다고 할 수 있다. 그러나 부챗살의 여러 갈래들이 그 나름의 분화를 이루고 마침내 시적 근대성을 해체하는 데 이르렀다고 보이지는 않는다. 돌이켜 논란의 세목들이 보이는 진지함과 구체성에 비해 그 결과는 공허한 느낌이 들기도 하는데 이는, 시적 근대성 획득 여부를 묻는 일에 처음부터 공론의 가능성이 내포되어 있었다는 사실에 기인한다. 다시 말해서 근대성이라는 텔로스가 외적으로 설정되었기에 우리의 근대성이 기껏 사이비 근대성에 지나지 않을 것이라는 열패감이 상존한 것이다. 가령 내재적 발전론에 있어서조차 주체적인 외양에도 불구하고 의식의 기저에 근대성의 궁극이 우리 것이 아니라는 열등감이 자리하고 있다는 사실을 확인한다면 근대성이라는 보편 권력의 자장을 다시 인식할 수 있을 것이다. 이러한 점에서 근대성의 연원과 관련한 대표적 두 논의인 이식론과 자생론은 동어반복에 가깝다. 어느 경우든 강제된 보편으로부터 자유롭지 않을 뿐 아니라 경우에 따라 이식론이 더욱 진실에 육박하는 면이 없지 않다.

물론 단일한 의미의 근대성은 없다. 지역과 역사적 문맥의 차이에 따라 근대성이 다르게 표출되기 때문이다. 그럼에도 근대성에는 모든 문화를 동질화하려는 강력한 힘인 서구중심주의가 작동한다. 서세동점에서 전 지구적 자본주의에 이르기까지 근대성의 완성을 향한 행진을 멈추지 않았다. 따라서 근대의 끝은 모든 세계를 근대화한 이후라

는 주장도 가능하며 이것은 미완의 근대성이라는 그럴 듯
한 테제로 포장되기도 한다. 그러나 미완의 근대성은 제국
주의의 분식이라는 의심이 든다.[24) 지구촌이라는 말 또한
마찬가지로 알게 모르게 현대의 신화가 되어 서로의 문턱
을 자유자재로 넘나들 수 있을 것처럼 오도한다. 이러한 사
정에 처하여 우리가 우리 근대성의 특수성을 운위하는 일
이 또 다른 형태로 오리엔탈리즘의 전략에 포섭될 가능성
은 충분하다.

문제는 근대성을 포장하고 있는 보편주의를 해체하는
것이다. 유럽문명이 세계문명 가운데 하나라면 그 또한 특
수에 지나지 않는다. 근대성은 이러한 특수를 보편의 지위
로 끌어올린 동일성의 권력 담론이다. 근대성을 해체하는
일, 즉 탈근대성은 이러한 동일성 담론을 차이의 담론으로
바꾸는 것이다. 다시 말해서 동일성의 정치경제학을 차이
의 횡단적 연계로 전환하는 것이다.[25) 그러나 이러한 탈근
대의 전망은 오늘의 것이지 지난 역사 속에 있었던 것은 아
니다. 돌이켜 과거는 온전히 근대성에 포위되어 있다. 따라
서 탈근대성의 관점에서 비판을 가정하는 일과 저항과 창

---

24) 정화열, 박현모 역, 『몸의 정치』, 민음사, 1999, p. 217. ; 정재서, 『동양적인 것
의 슬픔』, 살림, 1996, p. 78.
25) 정화열, 위의 책, p. 207.

조, 자유와 억압의 양가성을 내포한 근대성의 구체적 양상을 살피는 일이 병행되어야 한다. 아울러 근대성의 타자였던 전통을 이론의 새로운 터전으로 되새겨 보아야 한다. 이러한 문맥에서 전통 논의는 기왕의 정체성 담론과 수준을 달리하여 탈근대성을 지향하게 된다. 탈근대성은 중심을 벗어나 타자의 해석학적 지평을 가로지르는 과정에서 찾아지는 바, 전통은 이러한 탈근대성의 이론과 방법이 될 수 있다.

근대성의 체계에서 전통은 소멸되어야 할 특수에 지나지 않는다. 그러나 근대성의 보편이 강요된 것이고 특수에 대한 혼동에 불과하다면 왜곡된 보편과 특수의 관계는 해체되어야 하며 마땅히 전통은 새롭게 재구성되어야 한다. 그렇다면 탈근대성의 방법으로 전통은 어떻게 수용되고 있나? 대략 다음과 같은 다섯 유형으로 나눌 수 있을 것 같다.: 1)보편의 재구성 2)특수의 보편화 3)보편의 상호 교섭 4)보편의 해체 5)특수의 변증법. 1)은 기왕의 보편에 문제가 있다면 이를 재구성하면 될 것이라는 관점이다. 미완의 근대성이나 성찰적 근대화 이론과 상통하는 이것은, 그러나 구체적인 전통과 역사의 문맥을 놓친다. 경우에 따라서 전통을 식민성으로 인식하는 이것을 두고 전통의 방법이라 하기 힘든 면이 없지 않다. 2)는 제3세계 등의 특수가 보편이 될 수 있음을 내세운다. 새로운 지리학까지 염두에 두고 있는 이것은 대단히 전복적인 상상력을 담은 권력담론이다. 그러나 이것이 만드는 이항대립체계가 근대성 체계와 이질동형이라는 점에서 설득력은 반감된다. 3)은 서로 다른 문화 사이에 진정한 보편성이 있다는 전제를 깔고 있어, 수준 높은 보편의 만남을 통해 문화적 교류가 가능하다고 한다. 그런데 같은 문명권 안에서 이러한 보편의 교류가 가능할지는 모르나 서로 다른 문명권과의 관계에서 보편을 둘러싼 투쟁을 간과하고 있다는 점에서 이는 한계를 내포한다. 어떤 의미에서 4)는 방법으로서의 전통의 전제이다. 보편의 해체야말로 최선의 과제이기 때문이다. 또한 이것이 보편과 특수의 프랙털 구조에 주목하는 데 이르러 많은 성과를 만든다. 그렇지만 해체 이후의 문제가 간과된다는 점에 한계가 있다. 5)는 보편은 구체적인 특수의 다른 이름이므로 특수와의 만남에서 변증법을 상정할 수 있다는 것이다. 해석 지평의 융합이나 저항의 변증법으로도 불리는 이것은 방법으로서의 전통에 내재한 복잡한 문제들을 간과하지 않는다. 한 문명권 내에도 여러 가지 이질적인 문화들이 혼재한다면 문명권 사이를 가로질러 서로 만날 수 있는 특수들을 찾을 수 있을 것이다. 그러나 이것은 매개 과정에 있어 절충주의로 변질될 가능성도 없지 않다.

시적 근대성과 자기모순

전통 논의와 서정시학은 분리되지 않는다. 서정이야말로 가장 오래된 전통이기 때문이다. 이러한 점에서 방법으로서의 전통은 시학을 재구성하는 일에도 그대로 활용될 수 있다. 탈근대 시학은 시적 근대성이라는 보편논리를 해체하고 시적 전통으로 근대와 교섭하며 근대를 넘어서는 기획을 내포한다.

미적 근대성은 일반적인 근대성에 대한 미학적 비판 요구에 의해 형성된다. 즉 도구적 합리성의 현실에 저항함으로써 미적 합리성의 계기를 얻고자 한다. 그렇기 때문에 이것은 이중적인 의미체계이다. 이것이 미적 합리성에 의한 근대 비판의 계기를 통하여 근대성을 구현하기 때문이다.[26] 다시 말해서 미적 근대성은 일반적인(사회·경제·정치적) 근대성의 불합리화 경향(역사의 타락 : 인간소외, 파시즘 전쟁 등)에 대하여 비판하되 미학적 차원에서 합리화를 추구한다는 것이다. 그러므로 이것은 이중적인데, 한편으로 근대 사회를 부정하면서 다른 한편으로 미학적 차원에서 근대를 인정한다.

시적 근대성은 이중적 의미 체계라는 점에서 이미 한계

---

26) R. J. Bernstein, Habermas and Modernity, The MIT Press, 1985, pp. 49-51.

가 내장되어 있다. 우선 부정하는 대상에 가능성을 부여한다는 자기모순에서 그렇고 다음으로 지속된 부정만 있을 뿐 의도한 부정의 변증법이 끝없이 지연되는 데서 그러하다. 그런데 시적 근대성을 획득하기 위한 부정의 미학은 새로움의 미학이다. 모더니즘의 창작원리인 낯설게 하기, 영향의 불안 등은 새로움의 미학을 설명하는 데 요긴하다. 근대성이 그러하듯 시적 근대성 또한 전통의 부정에서 자신을 정위한다. 그러나 역사의 경과에 따라 부정은 과거의 전통을 대상으로 할 뿐 아니라 자신의 전통까지 포함하게 된다. 마땅히 부정과 새로움이 혼동될 수밖에 없다. 여기서 수지 개블릭의 지적을 들어보자.: "신념은 더 새롭고 좋은, 그렇지 않으면 다시 거부될 수 있는 신념을 위해 지속적으로 변화되고 대체되고, 버려져야 한다. '새로움'이 긍정적인 가치의 주요한 표상이 되었다."[27] 이로부터 시적 근대성은 모래성 쌓기를 반복할 수밖에 없다. 비록 이러한 행위가 아방가르드로 미화되기도 하나, 시적 근대성이 보인 역사적 관점은 일반적인 차원의 근대 사회로부터 의식 수준에서 분리된 자아인 포로의 시선에 불과하다.

---

27) 수지 개블릭, 김유 · 이순미 역, 『모더니즘은 실패했는가?』, 현대미학사, 1999, p. 157.

물론 시적 근대성의 공로가 없었다는 것은 아니다. 이것이 보인 비판 미학은 분명 모순된 자본주의 근대성에 대한 경계가 되었다. 또한 창조적 주체의 자유를 확대하고 미학의 자율적 영역을 넓혔다는 점에서 평가되어야 한다. 그러나 파시즘이 세계를 전장으로 만든 것 못지않게 시적 근대성은 미학을 새로움의 시장으로 변질시켰다. 새로움은 과거에 대한 부정일뿐만 아니라 다음 세대의 미래를 향한 계획과 지침을 사라지게 한다. 즉 연속적이고 지속적인 가치의 부재 속에서 반복된 파괴가 있을 뿐이다. 이러한 점에서 피카소의 「게르니카」에 대한 루이스 멈포드의 지적이 주는 의미가 크다.

피카소의 게르니카 벽화는 우리 시대의 위대한 회화들 중 하나인 것은 의심할 여지가 없다. (……) 그러나 그의 원숙한 솜씨로부터 생겨난 참신한 상징들은, 주로 새로운 통합의 싹이라고는 조금도 찾아볼 수 없는, 우리 시대의 상처들과 흉터들을 보여주고 있다. 때때로 그 정서는 게르니카 벽화를 위한 예비적인 소묘에서처럼 칼로 베인 듯이 너무나 고통스러워서, 그 다음 단계로는 광기나 자살밖에는 남은 것이 없지 않았나 하고 염려스러워진다. 폭력과 허무주의, 즉 인간성의 말살 바로 그것이야말로, 현대 예술이 가장 자유롭고 가장 순수한 계

기들을 통해 우리에게 가져다주는 메시지이다.[28]

　이러한 「게르니카」의 메타포는 시적 근대성에도 해당한다. 시적 근대성은 자신의 자유(합리성)를 증명하려는 과도한 욕망 때문에 새로운 역사적 전망을 세우는 일에 실패한다. 이러한 자유의 문제를 다시 수지 개블릭에 기대어 설명할 수 있다.: "개인성과 자유가 현대문화의 위대한 업적임에는 의심할 여지도 없다. 그러나 각 개인에 대한 절대 자유의 고집은 사회에 대한 부정적 태도를 갖게 하고, 문화에 대한 인식이 주위환경으로부터 심하게 소외되도록 했다. 조건 없는 세계에 대한 갈망은 통합과 연합이 결여된 사회적 소외감의 대가로 실현될 수 있다. 만일 자유가 절대적 가치라면, 사회는 가장 본질적이고 바람직한 것을 제한하고 좌절시켜야 할 것이다."[29] 이처럼 시적 근대성에는 창조의 가면을 쓴 파괴의 자유가 도사리고 있는 것이다. 물론 모더니즘을 이러한 자유의 관점에서만 바라볼 수는 없다. 경우에 따라 질서의 개념이 도드라지기도 했다. 그러나 이러한 미학적 질서 개념이 구체적인 생활 세계의 그것이 아니라는 것은 말할 필요조차 없을 것이다. 모더니스트들의

---

28) 루이스 멈포드, 김문환 역, 『예술과 기술』, 민음사, 1999, p. 14.
29) 수지 개블릭, 앞의 책, pp. 161-162.

미학적 질서는 자유의 또 다른 변장에 불과한 것이다.

그렇다면 우리 시의 시적 근대성은 어떠한가? 식민지라는 중첩된 모순에 직면하여 처음부터 저항과 창조라는 양가성에서 출발한다. 그러나 자신의 근대를 부정하는 것이 아니기 때문에 합리성의 계기는 미약하다. 가령 이상을 보라! 그가 보인 것이 레몬 향처럼 기화하는 근대성에 불과하지 않았는가. 그에게 레몬 향은 생활 경험과 유리된 허상에 지나지 않았던 것이다. 이상이 이러하다면 우리 시사에서 바른 의미의 아방가르드를 찾기 힘들 것이다. 그래서 모더니즘이 자주 전통과 결합하는 양상을 보이는 것은 우리 시가 보인 시적 근대성의 특징이다. 전통이 근대 부정의 방법으로 보완된 것이다. 물론 서구의 경우도 전통이 부정의 방법으로 동원된 경우가 없지 않다. 영미의 모더니즘에서 유기적 사회라는 전통을 지향하는 경향을 발견하기 어렵지 않다.[30] 그러나 여기서 전통이 근대에 대한 전면적인 재구성으로 나아가지 못한다. 다만 미적 고갈을 벌충하는 효과를 만들었을 뿐이다. 이러한 예를 정지용을 통해 볼 수 있는 바, 그는 모더니즘의 방법으로 자신의 전통을 보려 했던 것이다. 이러한 사정에서 근대로부터 호출당한 전통은 시

---

30) 테리 이글턴, 윤희기 역, 『비평과 이데올로기』, 열린책들, 1986, pp. 152-237.

적 근대성의 일부로 보아야 한다. 근본적으로 근대에 포섭되는 구조를 벗어날 수 없다. 물론 경우에 따라 동양주의 혹은 아시아주의의 형태로 유럽중심주의를 벗어나는 계기가 모색되기도 한다. 여기엔 미적 근대성의 배리가 내포된다. 그런데 사람에 따라 전통서정시나 자연서정시가 이러한 한계를 벗어나 있다고 생각할 여지가 있다. 근대와 격절을 도모했다는 점에서 간혹 도피의 비난과 함께 순수의 상찬도 함께 받는 이것은, 그러나 근대라는 구조 안에서의 회피라는 점에서 모더니즘 시와 그리 큰 차별성을 부여할 수 없다. 다만 이것을 근대에 대한 불만의 계보로 재 문맥화할 수 있을 것이다.

부정과 새로움이라는 점에서 김수영과 황지우가 주목될 수 있다. 김수영은 모더니즘을 생활의 밑바닥까지 끌어내려 현실을 돌파하는 매개로 삼았다. 이 점에서 그는 한국 모더니즘의 한 정점이며 가장 바람직한 형태의 시적 근대성을 보여주었다고 평가된다. 그렇지만 김수영에게서 과도한 자아중심주의는 시적 자유의 한계로 직결되며 김수영의 연장에 섰던 황지우의 경우도 새로움의 급격한 고갈 현상을 나타내게 된다. 다시 전통에 기웃하거나 그것을 거머쥐어야 하는 것은 어쩌면 우리 시의 운명처럼 보인다. 물론 김수영에서 황지우로 이어지는 시적 근대성의 양상은 눈여겨보아야 한다. 비록 자의식과 자기반성의 양상을 보이고 있다 하더라도 김수영에게서 시적 근대성의 구체적인 진경과 만날 수 있고, 새로움의 빠른 고갈로 그 역사적 의미를 다했다 하더라도 황지우의 해체미학은 일반적인 근대성을 거듭 부정함으로써 전위성을 드러낸다.[31] 이미 김지하 현상에서 시사되지만, 황지우의 전통회귀도 근대성으로부터 탈근대로의 전회를 암시하는 대목이 없지 않다. 이들에게서 새로운 시학의 접면을 볼 수도 있다.

탈근대와 제유의 시학

시적 근대성 획득 여부를 가치의 척도로 삼는 것은 잘못이다. 무엇보다 먼저 시적 근대성 담론에 개입하는 목적론을 정지시켜야 한다. 이는 질주하는 기차를 세우거나 오래된 신화를 해체하는 것만큼 어려운 일이다. 앤터니 기든스가 근대성을 크리시나의 수레에 비유한 것은 근대성이 벌써 하나의 종교가 되었음을 말하고자 함이다. 크리시나의 수레는 힌두교의 Jagannath, 즉 세계의 군주라는 말에 어원을 둔 크리시나의 신상(神像)을 의미한다. 매년 이 신상을 모신 대형 수레가 거리를 질주하면 그 추종자들은 자신들

---

31) 구모룡, 「1980년대 모더니즘시의 전개」, 『문예사조의 새로운 이해』, 문학과지성사, 1996, pp. 523-540.

을 수레 밑으로 던져서 바퀴에 깔리도록 되어 있다. 이러한 크리시나의 수레의 행로처럼 근대성도 존재론적 안전감과 실존적 불안을 동시에 준다고 기든스는 지적한다.[32] 마치 새도-마조히즘을 닮은 이것은 우리 시대의 고질이다.

그런데 문제는 이러한 근대성에 내재하는 목적론을 파기하는 방법이다. 이는 자연시마저 자기 내부로 편입해 버리는 시적 근대성의 밖에서 새로운 입장을 갖는 데서 출발해야 한다. 그러나 이것이 아방가르드가 끝난 자리에서 또 달리 무슨 곡예를 하자는 것은 아니다. 오히려 전혀 다른 문맥을 만들자는 제안(제안!)이다. 이러한 관점에서 지금 부정되어야 할 것은 미적 근대성이다. 그동안 미적 근대성은 극복할 수 없는 대상(근대성)에 대한 부정의 반복으로 자기 위안에 빠졌다. 우리 시에서 저항이 슬픔과 함께 읽히지 않았던 적이 있는가! 그동안 시적 근대성은 식민지 근대에 포획되었고 다시 자본과 기술에 가두어졌다. 따라서 시적 혁명은 처음부터 포위되어 마침내 수동적 혁명(passive revolution)[33]으로 전락한다.

탈근대라는 관점에서 미적 근대성을 한계 짓고 이와 전혀 다른 문제틀을 제시한다. 이것은 근대적 관계를 탈근대

---

32) 앤터니 기든스, 이윤희 외 역, 『포스트모더니티』, 민영사, 1991, p. 146.
33) 물론 이 말은 그람시에서 빌려왔고 여기서 비유적 차원을 내포한다.

적 관계로 재조정하자는 문제제기인 바, 유기론의 지평에서 그 답을 찾을 수 있다. 전통적으로 시는 유기론적 지평 위에 있다. 서구로부터 기계론이 유입되면서 이러한 유기론적 지평이 크게 위축된다. 근대성은 기계론적 문제틀이며 시적 근대성이 이와 무연할 수 없다. 그래서 시적 근대성이 말하는 새로움의 미학이 기술의 쇄신에서 유추되는 현상을 목도하기 어렵지 않다. 기계 문명이 예찬되는 경우는 드물다 하더라도 시가 기술의 문법을 추종하지 않는 것은 아니다. 시에 개입하는 기술이데올로기의 역사는 이미 오래다. 그러나 이러한 기술이데올로기의 문제는 시학이 무시할 수 없는 외적 문제이다. 여기서 이러한 외적 문제는 접어두고 근대시학의 내부에 존재하는 몇 가지 잘못된 개념을 먼저 지적한다.

1) 자아중심주의 : 시는 세계의 자아화다.

2) 동일성 : 시는 동일성이다.

3) 은유 : 시는 은유다.

1) 자아중심주의와 2) 동일성과 3) 은유는 근대시학의 핵심 원리들이다. 시가 자기표현이라는 자아중심주의는 낭만주의 이래로 모더니즘에 의해 계승될 뿐만 아니라 오히

려 확대 재생산된다. 이러한 서구적 자아관을 반영한 근대시학이 이입된 이후 우리의 근대시학은 자기표현으로서의 시라는 테제를 금과옥조로 삼는다. 그러나 유기론의 지평에서 시는 세계의 자아화가 아니다. 이보다 자연과의 교섭을 통해 우주적 마음을 표현한다. 여기서 우주적이라는 말이 지나치면 삼라만상이라고 해도 될 것이다. 유기론에서 시는 자기를 극복하고 궁극적인 조화에 이르는 과정이다. 이러한 관점에서 시는 근대적 의미의 동일성이 아니다. 근대적 개념인 동일성에 개입하는 환원주의는 타자에게 폭력적이다. 모든 것을 주체로 환원한다. 유기론에서 시는 동일성을 지향하기보다 조화를 지향한다. 여기서 조화는 상호 이질적인 것의 공존과 상생을 의미하며 보살핌의 윤리를 포함한다. 자아중심주의나 동일성과 은유는 밀접한 연관성을 지닌다. 은유는 다른 대상을 자기화하는 수사학이다. 다시 말해서 은유는 대상과 대상을 강제적으로 연결한다. 어느 하나가 다른 하나를 억압하는 논리이다. 그런데 근대는 이러한 은유가 일상적인 수준에서 관철된다. 주체중심주의, 이성중심주의, 남성중심주의 등 모든 중심주의는 은유적 욕망과 다르지 않다. 근대시학에서 자아–동일성–은유는 시적 근대성과 관련되며, 이들은 사회로부터 분리된 과잉된 자아의 자유를 담보하는 담론이 된다.

여기서 은유와 관련한 수사학의 문제는 보다 자세히 논의될 필요가 있다. 한편으로 현대시학에서 환유의 증가를 들먹이는 견해가 있고 다른 한편에서 유기론의 제유시학의 가능성이 제시되고 있다. 이분법에 익숙한 근대 이론들은 대부분 은유의 다른 편에 환유를 둔다. 환유는 기계론과 연관된 사유형태이다. 부분과 부분의 관계가 중시되며 전체는 이들의 기계적 결합에 의해 형성된다. 근대적 산문에 대응하여 시의 반 서정적 서술 경향을 환유의 증대로 보면서 이를 시적 근대성의 일환으로 설명하거나 탈근대의 징후로 해석하는 경향이 없지 않다. 그러나 환유는 부분들의 외재적인 관계만을 중시한다는 데 분명한 한계가 있다. 외재적 관계는 근대적인 관계의 본질이기 때문이다. 그렇기 때문에 탈근대가 지향하는 생명적 관계를 설명하기에 적합하지 않다. 이처럼 환유는 전체와 부분의 관계가 외재적이기 때문에 전체를 보거나 부분을 볼 때 환원적이다. 우선 내적 연관이 무시되어 그렇고 다음으로 부분들이 파편화되기 때문이다. 반다나 시바에 의하면 이러한 환원주의적 사고는 생태학적 균형을 파괴한다. 생명 관계의 전체를 보지 못하기 때문이다.

모든 이분법이 그러하듯 은유와 환유의 이분법도 문제적이다. 사실 로만 야콥슨 이전에 이분법이 고수되었던 것은 아니다. 16세기 수사학자들은 근대언어학자들이 선호하는 양극구조보다 훨씬 유연하게 은유와 환유와 제유와 아이러니라는 네 가지 형식으로 사고와 표현을 분류하기도 했다. 그렇지만 야콥슨 이후 대부분의 경우 은유와 환유의 이분법이 고수되며 자주 제유는 은유의 한 형태로 아이러니는 환유의 한 형태로 보고 있다. 이처럼 은유와 환유의 이분법은 매우 근대적인 논리이며 이는 시와 과학, 유기론과 기계론의 대립만큼 오래된 것이다. 제유는 탈근대의 사유형태이다. 이는 오래된 전통인 유기론적 사유에 연원하면서 근대의 이분법적 세계 인식을 해체한다. 제유는 대상과 전체를 내적 연관성에서 인식하는 사유 형태이다. 따라서 생태학적 사유가 곧 제유이다. 이것은 낱낱의 생명을 소중하게 생각할 뿐만 아니라 이들이 함께 공생하는 전체성도 중시한다. 또한 인간도 자연의 일부라는 관점에서 인간중심주의를 넘어선다. 그러나 이것이 인간과 자연에 한정된 문제가 아니다. 인간과 기술, 인간과 기계, 인간과 사물 등 모든 관계에서 가능한 일이다.[34] 그렇기 때문에 이것이 시적 근대성처럼 이분법으로 환원되지 않는다. 제유는 근대시학의 기로에서 시적 근대성에 내포한 한계를 지적하

---

34) 가령 이마미치 도모노부의 「에코에티카」도 같은 문맥을 가진다. 이마미치 도모노부, 정명환 역, 『에코에티카』, 솔, 1993.

고 새로운 시학의 가능성으로 부상한다. 그 동안 시적 근대
성이 보인 쇄신의 노력에서 시적 성과가 없었던 것이 아니
나 근본적으로 시적 혁명이 근대에 포위된 상태에서 진행
되었음을 알 수 있었다. 포위된 혁명. 근대시나 근대예술이
내포한 한계를 이러한 은유로써 집약할 수 있을 것이다. 많
은 경우 시적 혁명은 세계 혁명으로 이어지지 않고 마침내
시적 주체를 향한 비수로 되박혔다. 근대의 미학이 자해의
미학으로 나아가고 마침내 반 미학으로 귀결된 것은 미적
근대성이 안고 있는 태생적 한계라 하지 않을 수 없다.

革命은 안되고 나는 방만 바꾸어버렸다
그 방의 벽에는 싸우라 싸우라 싸우라는 말이
헛소리처럼 아직도 어둠을 지키고 있을 것이다

나는 모든 노래를 그 방에 함께 남기고 왔을 게다
그렇듯 이제 나의 가슴은 이유없이 메말랐다
그 방의 벽은 나의 가슴이고 나의 四肢일까
일하라 일하라 일하라는 말이
헛소리처럼 아직도 나의 가슴을 울리고 있지만
나는 그 노래도 그 전의 노래도 함께 다 잊어버리고 말았다

革命은 안되고 나는 방만 바꾸어버렸다

나는 인제 녹슬은 펜과 뼈와 狂氣—

失望의 가벼움을 財産으로 삼을 줄 안다

이 가벼움 혹시나 歷史일지도 모르는

이 가벼움을 나는 나의 財産으로 삼았다

革命은 안되고 나는 방만 바꾸었지만

나의 입속에는 달콤한 意志의 殘滓 대신에

다시 쓰디쓴 냄새만 되살아났지만

방을 잃고 落書를 잃고 期待를 잃고

노래를 잃고 가벼움마저 잃어도

이제 나는 무엇인지 모르게 기쁘고

나의 가슴은 이유없이 풍성하다

　　　　　—김수영,「그 방을 생각하며」전문

　사월혁명 뒤(1960년 10월 30일)에 쓴 김수영의 이 시에서
혁명의 기쁨과 함께 이것의 미완을 예감하는 시인의 예민
한 촉수가 번득이고 있음을 알 수 있다. 김수영의 탁월한
점은 이 시에서처럼 미완의 예감을 앞세우고 기쁨을 뒤로

돌렸다는 것이다. 물론 미완의 예감은 의지의 일시적 피로와 허탈이라는 개인적 사정이나 혁명 뒤의 하락하는 정세라는 공적 요인에 기인한 것이라 할 수도 있을 것이나, 그만큼 그가 세계와 팽팽한 긴장에서 시를 써 왔음을 반증한다. 그런데 우리의 관심을 좇아 이 시에서 "革命은 안되고 나는 방만 바꾸어버렸다"라는 구절의 반복을 시적 근대성에 관한 비유로 읽어볼 수도 있을 것이다. 여기서 우리가 비록 세계 혁명이 있다 하더라도 시적 혁명은 불가능하리라고 판단하는 모더니스트 김수영의 명민함을 읽는다면, 이는 지나친 것일까. 다시 말해서 세계의 문제에 비한다면 근대시는 '자기만의 방'에 지나지 않는 것인지도 모른다. 결국 근대사회에서 시적 혁명이란 찻잔 속의 폭풍처럼 미미한 일이 되었다. 이 시에서 김수영이 말하고자 한 것이 시적 근대성의 문제는 아니다. 단순하게 그가 달라진 자기를 고백하고 싶었던 것일 수도 있다. 그럼에도 이 시를 김수영 이후 근대시의 운명과 연관 짓는다면 김수영이 누린 일시적인 기쁨이 보다 큰 슬픔의 예감에 가두어진 것임을 미뤄 짐작할 수 있는 것이다. 이와 같이 시적 근대성은 자기 한계를 지닌다. 그것이 지속해온 노래의 관습과 가벼움의 태도는 세계와의 근본적인 대면에 실패한다.

　제유시학을 전면적인 대안으로 생각하는 것은 아니다.

김수영이 보인 바처럼 근대적 생활 경험의 직접성을 시의 언어로 들춰내는 일 또한 여전히 가치 있는 일이다. 기술이 데올로기와 스펙터클 사회는 더욱 시적 경험이 지닌 직접성과 구체성을 소멸시키려 할 것이다. 이러한 점에서 모더니스트들의 가벼움이 시의 몸을 살리는 데 기여할 부분이 있음에 틀림없다. 다만 여기서 지적하고자 하는 것은 이러한 시적 근대성의 방법이 새로운 삶에 대한 대안으로서의 시학으로 자리하기에 적절하지 못하다는 것이다.

4
현대시와 제유

조지훈의 시

한국 현대시에서 제유의 문제의식을 시학의 차원에서 드러낸 이는 단연 조지훈이다. 물론 그가 제유의 수사학을 이론으로 제시한 것은 아니다. 그의 시학은 유기론에 바탕을 두고 있다. 제유의 사유형태가 유기론이라는 관점에서 그는 우회적으로 제유의 가능성을 일찍부터 제시하고 있다.

대자연은 자연 전체의 위에 그 본원상을 실현하지만 반드시 개개의 사물에 완전히 나타나는 것은 아니기 때문에 어느 의미에서 시인은 자연히 능히 나타내지 못하는 아름다움을 시에서 창조함으로써 한갓 자연의 모방에만 멈추지 않고 자연의 연장으로서 자연의 뜻을 현현하는 하나의 대자연일 수 있는 것이다. 바꿔 말하면, 시는 시인이 자연을 소재로 하여 그 연장으로써 다시 완미한 결정을 이룬 제2의 자연이라고도 할 수 있다.[35]

조지훈의 시론을 집약하고 있는 이 대목이 말하는 바는 1)자연사물의 존재방식 즉 우주관, 2)시인의 역할, 3)시적 현상 등이다. 여기서 인간과 자연이 전일성으로 통섭되는 1)의 유기론적 우주관을 반복 설명할 필요는 없을 것이다. 주목되는 것은 2)와 3)이다. 우선 시인의 역할에서 그는 플라톤과 확연히 차별된다. 플라톤은 이데아를 인간정신이 접근할 수 없고 시로 표현될 수 없는 외부세계에 둠으로써 시와 이데아의 절대적인 분리를 만들었다. 하지만 조지훈에게 있어서 이데아는 개별적 자연 속에 내재해 있는 것으로 시를 통해 현현된다. 그에 의하면 시는 보편생명의 현현이다. 이 점에서 그는 아리스토텔레스와도 구별된다. 아리스토텔레스의 제2의 자연으로서의 시 개념은 인간중심의 제작과 생산의 의미를 담고 있다.[36] 조지훈의 제2의 자연으로서의 시 개념은 보편생명의 현현으로서의 시라는 의미

35) 조지훈, 「시의 원리」, 『조지훈 전집』 3권, 일지사, 1973, p. 12.
36) 손효주, 「아리스토텔레스에 있어서 예술과 자연」, 『예술과 자연』, 한국미학예술학회편, 미술문화, 1997.

를 지닌다. 여기서 현현은 표현과도 다르고 재현과도 다르
다. 표현은 주체중심이고 재현은 대상중심이다. 그러나 현
현은 주체와 대상이 하나의 전체적인 연관 속에서 전적으
로 드러나는 현상이다. 생명의 개별성은 보편생명에 대한
제유적 현현이다. 개별생명의 본성 속에 벌써 생명의 전일
성이 내재해 있기 때문이다. 조지훈에 의하면 시인-시-보
편생명의 관련성이 하나의 연속성 위에서 설명되어진다.
시인의 생명의 본성과 우주의 보편생명이 내재적 관계에
서 하나의 전체를 이루고 있는 것이다. 이러한 제유적 연관
에서 시는 개체에서 보편으로, 부분에서 전체로의 내적 연
속성을 얻고, 우주의 본질적 원리를 구현하는 차원에 이르
게 된다. 여기서 시작은 하나의 소우주를 창조하는 행위가
된다. 이것은 경험세계의 혼돈으로부터 조화와 질서의 세
계를 창조하는 것이다. 한 편의 시는 우주의 조화와 질서의
현현이다.

실눈을 뜨고 벽에 기대인다 아무것도 생각할 수가 없다

짧은 여름밤은 촛불 한 자루도 못다 녹인 채 사라지기 때문
에 섬돌 우에 문득 石榴꽃이 터진다

꽃망울 속에 새로운 宇宙가 열리는 波動! 아 여기 太古적 바다의 소리없는 물보래가 꽃잎을 적신다

방안 하나 가득 石榴꽃이 물들어 온다 내가 石榴꽃 속으로 들어가 앉는다 아무것도 생각할 수가 없다

—조지훈, 「花體開顯」 전문

앞서 설명한 조지훈의 유기론적 시학이 집약되어 있다. 꽃이 피는 한 과정에 모든 사물 나아가 온 우주가 관여하고 있다. 이러한 가운데 시적 자아 또한 함께 한다. "손바닥 위에서 세계를 보고 한 방울 이슬 속에 우주를 본다는 것은 이 세상의 모든 생명의 완성된 모습은 그대로 소우주요, 개개의 태극이라는"[37] 그의 유기론적 우주관과 시관을 시를 통해 만나게 되는 것이다. 유기론은 제유적 사유이며 제유적 수사학으로 표출된다. 인용시에서 제유의 수사학은 석류꽃의 개현이라는 하나의 사건이 진행되는 과정에 시적 자아와 삼라만상이 교응하는 과정으로 나타난다. 이러한 과정은 곧 생명현상과 다르지 않다.

---

37) 조지훈, 앞의 책, p. 58.

산도 산인 양하고

물은 절로 흐르는 것이

구름이 머흐란 골에

꽃잎도 덧쌓이메라

오맛 산새 소리

하늘 밖에 날고

진달래 꽃가지엔

바람이 돈다

—조지훈,「산 1」전문

　유기론적 사유와 제유의 수사가 통합되어 나타난 대표
적 사례라 할 수 있다. 이 시에서 산－물－구름－꽃잎－산새－
하늘－진달래－바람 등은 자연을 이루는 부분들로서 서로
내적으로 연관된다. 모든 이미지들은 이러한 연관성 안에
서 현현될 뿐 다른 의미를 드러내기 위한 수단으로 동원되
고 있지 않다. 다시 말해서 은유의 수사학과 거리가 있다
는 것이다. 은유에서 이미지들은 원관념을 실어 나르는 도
구에 불과하다. 또한 이미지의 배후에 있는 의미를 규정하

는 주체가 분명하다. 주체에 의한 동일성의 자장을 벗어날 수 없는 것이 은유이다. 하지만 이미지들은 개별성을 유지하는 가운데 전체와의 유기적인 조화를 얻고 있다. 이 시에서 이미지는 다른 관념을 지시하기보다 실재를 현시하려는 지향을 지닌다. 시인의 시심은 이러한 실재의 경험과 함께 이미지들의 지향과 같이 한다.

조지훈의 시학이 제유의 수사학을 명시적으로 제시한 바는 없다. 다만 그는 시의 원리로 유기론을 들고 있을 뿐이다. 그런데 수사학적 관심을 표명한 많은 이들이 제유의 지평을 간과하고 있는 사실을 주목할 수 있다. 가령 뚜 웨이밍이 중국의 자연관을 설명하거나 우홍이 병풍의 이미지를 해석하는 가운데 야콥슨의 이분법 적용에 따른 방법적 난맥상을 보인다. 둘 다 제유가 말하는 전체와 부분의 관계가 은유적인 것(유사성)과 환유적인 것(인접성)에 걸쳐 있음을 간과한 탓이다.[38] 제유는 환유적 관계인 전체를 나타내는 부분이 또한 은유적 관계인 전체를 재현할 때의, 은유와 환유 사이의 특별한 관계이다.[39] 이는 제유의 파생적 특질을 말하기보다 제유가 은유나 환유보다 더 근본적임

38) 뚜 웨이밍, 루너 편저, 이정배·이은선 역, 「존재의 연속성: 중국의 자연관」, 『자연 그 동서양적 이해』, 종로서적, 1989, p. 125. 우홍, 서성 역, 『그림 속의 그림』, 이산, 1999, pp. 21-22.
39) Terence Turner, op. cit., p.148.

을 말하는 것이다. 그럼에도 제유의 지평을 전면화한 이들
은 드물다.

오규원의 시

오규원은 야콥슨의 이분법에 따라 제유를 환유의 틀 안
에서 이해함으로써 그가 전개하고 있는 생명시학적 차원
을 약화시키고 있다.

그러니까 언어를 믿고 세계를 투명하게 드러내려는 노력을
하던 시기(초기)를 거쳐, 언어와 세계에 대한 불신이 내 나름대
로 관념과 현실을 해체하고 재구성하려던 시기(중기)를 지나,
명명하고 해석하는 언어의 축인 은유적 수사법을 중심축에서
주변축으로 돌려버린 지금의 위치에 서 있는 셈이다. 그러니
까 지금까지 나도 그것을 중심축에 두고 있었고, 또 인간 모두
가 명명하고 해석할 때 중심축으로 사용하고 있는 은유적 수
사법이 아닌, 사물을 묘사하고 서술할 때 주로 사용하고 있는
환유적 수사법을 중심축에 옮겨두고 세계를 보고 있는 것이
다. 그 환유의 축은 함부로 명명하거나 해석할 수 있는 언어체
계가 아니므로 인간 중심적 사고의 횡포를 최소화할 수 있으
리라는 내 나름의 믿음이 작용하고 있는 것이다.

이쯤에서 나는 오해의 소지가 있는 한 가지를 적어두고 싶

다. 나는 언어가 의미를 떠날 수 있다고 믿고 있지 않다(주변축에 은유를 두는 까닭도 그 때문이다). 그러므로 분명히 나도 의미화를 지향하고 있다. 단지 내가 표현하고자 하는 것이 명명하거나 해석에 의해 의미가 정해져 있는 형태가 아닌 다른 것일 뿐이다. 내가 표현하고 싶은 것은 사변화되거나 개념화되기 이전의 의미인 '날(生)이미지'다. 그 '날이미지'는 정해져 있는 의미가 아니라, 활동하는 이미지일 뿐이므로 세계를 함부로 구속하거나 왜곡하거나 파편화하지 않는다. 그리고 그것을 살아 있는 '세계의 인식'이면서 또한 '세계의 언어'인 '현상'의 형태로 나타난다. 나는 그런 '현상'으로 된 '날이미지'를 쓰고 싶어한다.[40]

　이러한 시학적 진술은 그가 야콥슨의 이분법을 수용하는 데 따른 문제의식을 드러낸다. 실제 그가 말하는 '날이미지'는 실재의 현현이라는 제유적 수사학에 가깝다. "살아 있는(生), 즉 개념화되거나 사변화되기 전 두두물물(頭頭物物)의 현상인 '날이미지'"[41]는 제유적 현상이다. 그럼에도 그는 이를 환유적 수사법으로 설명한다. 말할 것도 없이 제유를 환유의 한 속성으로 간주하는 이론의 지평에서 이러

---

40) 오규원, 『날이미지와 시』, 문학과지성사, 2005, pp. 107-108.
41) 위의 책, p. 86.

한 오규원의 입장이 틀린 것은 아니다. 다만 제유를 환유에서 분리하여 이를 근본비유로 격상할 경우 그것이 지닌 이론적 차원의 효과는 큰 것이다. 말할 것도 없이 이러한 주장이 새로운 중심을 만들자는 것이 아니다. 제유는 중심이 형성되기 이전의 차원이다. 이분법의 장본인인 야콥슨도 이러한 제유의 가능성을 간과하고 있지는 않다. 그 또한 시적 기능에서 은유와 환유는 서로 복합적인 관계 안에 있음을 환기한다. 그에 의하면 시적 기능은 등가의 원리를 선택의 축에서 결합의 축으로 투사한다. 시는 유사성이 인접성으로 투사되는 문법을 가지고 있으며 이러한 시에서는 어떠한 환유도 은유적이고 어떠한 은유도 환유적이 된다. 시에서 은유와 환유의 경계는 넘나든다. 그래서 야콥슨은 시의 상징적, 복합적, 다의적 본질을 강조하면서 윌리엄 엠프슨의 '애매성' 개념을 끌어오기도 한다.[42] 그런데 유사성이 인접성에 중첩되는 시적 배열은 제유라 할 수 있다. 야콥슨도 애써 배제한 제유를 은연 중 인정하고 있는 셈이다. 그가 시의 비유를 은유에 두려했음에도 불구하고 실제의 시 분석에서 은유와 환유가 결합하거나 제유의 형태로 부각되는 양상이 드러나게 되는 제유의 특수성을 인정하고 있

---

42) 로만 야콥슨, 신문수 역, 「언어학과 시학」, 『문학속의 언어학』, 문학과지성사, 1989, pp. 61-79.

다.[43] 하지만 제유는 이러한 특수성으로 논의될 대상이 아니다. 앞서 말한 바대로 근본비유의 차원에서 재정립되어야 한다.

산문적 시대인 현대를 환유의 시대라고 할 수 있다. 사실들의 인접적 연쇄는 표피적인 삶을 그리기에 적합하다. 환유적 자유는 그러므로 현실적 욕망의 논리이다. 이와 달리 제유는 유기적 관계, 각 개체는 물론이고 개체들 사이의 관계에 있어서 생명적인 연관을 강조한다. 오규원이 말하는 '날이미지'는 이러한 점에서 제유를 지향한다. 제유적 세계에서 개체들은 상호 소통하면서 공존하는 관계를 이룬다. 시인이 말하는 '날이미지'란 이러한 관계 현상에 다를 바 아니다.

　　강과 나 사이 강의 물과 내 몸의 물 사이 멈추지 못하는 강의 물과 흐르지 못하는 강의 둑 사이 내가 접히는 바람과 내가 풀리는 강물 소리 사이 돌과 풀 사이 풀과 흙 사이 강을 향해 구불거리는 길과 나를 향해 구불거리는 길 사이 온몸으로 지

---

43) 야콥슨은 이와 관련하여 다음처럼 진술하고 있다. "비록 환유와 제유가 유사성에 기초하고 있는 은유적 관계와는 함께 대립되면서 인접성의 문체들로서 의심할 여지없이 공통성을 지니고 있기는 하지만 부분에서 전체로 또는 전체에서 부분으로 작동하는 제유는 환유적 근접성과는 명백하게 구분된다." R. Jakobson, Dialogues, Flammarion, 1980, p. 131. 박성창, 앞의 책, p. 67. 재인용.

상에 일어서는 돌과 지하로 내려서는 돌 사이 돌 위의 새와 새
위의 강변 사이 물이 물에 기대고 있는 강물과 풀이 풀을 붙잡
고 있는 둑 사이 내 그림자는 눕혀놓고 나만 서 있는 길과 갈
대를 불러 모아 흔들리는 강 사이

　　—오규원, 「강과 나」 전문

　이 시에서 제유의 수사학과 만나게 된다. 개별 사물들의
공생관계가 제유의 수사학적 원리에 의해 그려지고 있다.
이 시에서 '사이'는 '틈' '허공'과 다르지 않은 이미지이다. 이
것은 단절을 의미하는 것이 아니다. 살아 있는 개별 존재
들의 유기적 관계, 제유적 관계를 나타낸다. 제유는 틈새의
원리를 지닌다. 틈새들이 모든 개별적인 것을 연결한다. 인
간 또한 지구와 우주의 컨텍스트에서 틈새로 연결되어 있
다.
　시가 자기표현이라는 주장은 매우 잘못된 것이다. 이는
서구에서 들여온 이론을 우리가 아무런 반성 없이 수용한
데 기인하는 바, 시를 자아와 감정의 문제로 단순화시킨 오
류가 있다. 동일성 개념이 이러한 오류와 관련되는 것도 시
를 동일화의 욕망과 혼동하는 데서 찾아진다. 이러한 점에
서 시는 은유다, 라는 규정도 고쳐져야 한다. 자아-동일성-
은유는 같은 문맥에 놓여 있다. 그러나 거슬러 기원을 헤집

는 것은 아니지만 시에 관한 규정 가운데 하나인 시언지론(詩言志論)을 들더라도 시가 자기표현이거나 동일성 혹은 은유가 아님을 알기란 어렵지 않다. 문면대로 "시가 마음이 가는 바를 말한다."라고 할 때 얼핏 자기표현을 말하는 것이 아닌가, 의심할 이 없지 않을 것이나 쉽게 이를 간주하지는 못할 것이다. 마음이라는 데 이르러 조금이라도 생각을 깊게 한 이라면 이에 관한 정의가 간단치 않음을 알게 된다. 나아가서 이것이 개인 주체의 욕망으로 일그러진 마음이라기보다 갈고 닦은 마음, 자연이나 우주와 같은 마음을 뜻한다는 데 생각이 미치면 시는 자기표현이기보다 자기 다스리기임을 알게 되고 그 궁극이 우주의 이치에 이르는 것이라 인식하게 된다. 물론 여기서 우주의 이치라는 말은 설명의 편의를 위하여 추상화한 것인 만큼 이 말에 현혹되거나 주눅 들 필요는 없다. 어떠한 이치라든가 원리도 구체적인 것이 되지 못한다면 허위거나 은유 못지않은 권력이다. 그러나 시의 원리가 우주의 이치를 궁구하는 것이라는 진술은 권력 담론이기보다 반권력 담론이다. 왜냐하면 우주의 이치라는 말이 하나의 관념을 의도하는 것이 아니라 구체적인 관계를 지향하기 때문이다.

사람에 따라서는 우주의 이치 운운하는 논법이 허무맹랑해 보일 수 있을 것이다. 눈 뜨고 있어도 코 베어가는 근대사회에서 자기 하나 지키기가 얼마나 어려운가. 오죽했으면 아도르노가 아우슈비츠 이후에도 서정시가 쓰일 수 있겠는가, 라고 탄식했겠는가. 이러한 생각들이 결코 틀린 것은 아니다. 위험천만의 근대로부터 시는 자기 한 몸 지키기에도 힘들었던 것이 사실이다. 자기를 지켜야 한다고 생각하다보니 시적 주체에 대한 과잉된 입장들이 반복될 수밖에 없는데 이것이 소위 모더니즘의 유아론이다. 그러나 모더니즘의 나르시시즘은 결국 자해주의로 귀착하고 만다. 근대를 향해 던진 추파가 먹혀들지 않게 되자 시는, 자해 공갈을 감행할 수밖에 없고, 온갖 부정의 언어들, 난폭한 언어들로 결국 근대의 얼굴을 닮아가게 된다. 시가 다시 본래의 이념으로 돌아가지 않으면 안 되는 데는 자해의 시학으로 아무런 시적 지평을 만들어낼 수 없다는 인식에서 비롯한다. 근대라는 변심한 애인을 향해서 불가능한 구애를 되풀이할 것이 아니라 근대를 해체하고 새로운 세계를 재구성할 시적 지평을 만들 필요가 생긴 것이다.

『토마토는 붉다 아니 달콤하다』를 통해 오규원 시인이 만들고 있는 탈근대의 시적 지평과 만난다. 그는 이 시집에서 근대와 다른 새로운 관계학을 제시하는데 이것은 우선 시집에 실린 시의 제목들이 "~과(와) ~"의 형식을 하고 있음에서 표가 난다. 이는 시집에 실린 시들을 모두 읽었을 때 더욱 분명해지는 것으로, 그가 사물과 사물, 사물과 인간, 인간과 자연의 관계를 구체적으로 탐구하고 있음을 알 수 있다. 그렇다면 그가 새로운 관계를 말하고 있다는 것은 무슨 뜻인가. 한 마디로 주체 중심의 관계에 대한 해체와 타자 중심의 관계 복원이라 할 수 있을 것이다. 여기서 이것은 세 가지의 테마로 나누어 설명될 수 있다. (1)시선의 재구성, (2)자연 원근법에 의한 묘사, (3)제유적 사유.

(1)시선의 재구성 : 시선이 하나의 이데올로기라는 것은 주지의 사실인데 이는 보는 주체의 욕망과 권력이 전제되기 때문이다. 인간이 자연을 보고, 서양이 동양을 보고, 남성이 여성을 본다. 이러한 시선에서 인간/자연, 서양/동양, 남성/여성 사이에 위계가 형성된다. 누가 어떤 위치에서 어떻게 보는가는 매우 중요한 문제이다. 가령 호주의 원주민들은 백인들이 황량한 사막으로만 인식하는 지역에서 사물들의 다양한 차이들을 발견해 낸다. 또한 우리가 한두 가지로 나누어 부르는 눈을 에스키모인들은 수십 가지로 나누어 부른다. 따라서 시선의 권력은 삶을 왜곡하며 오늘날 우리가 겪고 있는 질곡은 근대적 시선과 연관된다. 오규원의 시에서 시선의 재구성은 거창한 포즈로 나타나기보다 매우 소박하다. 그는 사물들 혹은 타자의 관점을 통해 본다. 시를 쓰는 자아가 있기 때문에 전적으로 사물 혹은

타자의 것이라고는 말할 수 없지만, 그들과 대화적인 연관을 맺음에 틀림없다. 자유간접화법과 같이 그는 타자의 시선이 되어 그들의 목소리와 섞인다. 이는, 이전의 많은 자연시들이 있는 그대로의 자연경물이라는 관점을 보임으로써 이쪽의 시선 주체를 암시하거나 의인화를 통해 주체를 강조하는 방식과 매우 다르다. 그는 여러 가지 사물들이 그들대로의 시선이 있음을 강조한다. 그리하여 모두가 모두에게 타자인 관계를 상정한다. 그는 이러한 시선의 타자성을 가령 다음과 같은 어법으로 말한다.: "그래도 호텔의 창문은 몇 개/열리고 닫혔다 열린 문으로는/방의 어둠을 배경으로/사람의 상체는 잠깐씩 보여주었다."(고딕은 인용자) 여기서 우리는 초점화나 카메라의 필터 효과를 떠올릴 수도 있다. 그러나 이보다 그가 시선의 재구성을 통해 의미하는 것이 무엇인가를 아는 것이 중요하다. 그는 천지의 모든 사물들이 함께 귀하다, 라는 생각을 갖고 있다. 이러한 생각에서 다음과 같은 내용이 충분하게 유추될 수 있다.: 따라서 사물이나 인간 사이에 위계란 있을 수 없다. 그러므로 인간세계는 잘못된 관계를 형성해 왔고 이것이 재앙(특히 생태학적)의 원인이 되었다. (2)자연 원근법 : 원근법은 근대적인 시선을 대표한다. 주체의 관점이 중심이다. 그러나 자연 원근법은 고대인들의 동굴벽화에서처럼 살아 있는 관계를 묘사하게 한다. 동굴벽화에서 하나의 시선을 찾기란 어렵다. 이처럼 오규원의 시에서 원근법적인 단일 묘사 원리를 찾는 일은 허사다. 그의 시에서 모든 사물들은 저마다의 위치에서 묘사된다. 얼른 마티스의 그림을 연상하게 되지만, 그러나 그의 시에 마티스와 같은 과장의 기미가 없다. 사물 각각이 살아 있어 생동하기 때문에 영화에서 특정한 대상을 강조하기 위해 사용하는 접사(close-up)와도 다르다. 아니 모든 사물이 접사된다고 할 수는 있을 것이다. 「시작 혹은 끝」이 말하고 있듯이 이러한 자연 원근법은 삼라만상을 공생, 공진화, 대생기의 흐름으로 본다. (3)제유의 사유 : 흔히 현대를 환유의 시대라고 한다. 부분들이 어지럽게 널려 있는 듯하면서 전체라는 보이지 않는 기계(시간의 기계, 공간의 기계)에 의해 움직이는 것이 현대사회이니 타당한 지적이다. 환유를 자유라고 말하는 이들이 없지 않은 것은 환유 뒤에 도사린 거대 기계를 보지 못한 데 기인한다. 환유와 달리 제유는 유기적 관계를 말한다. 각 개체는 물론이고 개체들 사이의 관계에 있어서 생명적인 연관이 작용한다는 것이다. 소우주와 대우주의 유비는 제유를 설명하는 데 가장 자주 등장하는 설명 틀인데, 아무리 보잘 것 없고 무의미해 보이는 존재도 우주에 버금가는 가치를 내재하고 있다는 생각에 이르게 한다. 시인의 마음이 우주의 마음이 되는 것도 이러한 이치와 무관하지 않다. 그런데 이러한 제유와 달리 환유의 기계는 항상 효율성을 최고의 덕목으로 내세운다. 오늘날 과학기술의 발달에 기초한 자본주의 문명의 속성이 이와 같다. 한 치의 간격과 틈을 두지 않으려 한다. 얼핏 혼란스러워 보이는 환유적 현대를 자세히 살핀다면 혼란의 자유조차 관리되고 있음을 알기란 어렵지 않다. 그러나 제유적 세계는 생명체들의 공생관계가 그렇듯이 많은 틈과 사이, 그리고 허공을 하나의 전체 속에 포함한다.

덜자란 잔디와 웃자란 잔디 사이 웃자란 잔디와 명아주 사이 명아주와 붓꽃 사이 붓꽃과 남천 사이 남천과 배롱나무 사이 배롱나무와 마가목 사이 마가목과 자귀나무 사이 자귀나무와 안개 사이 그 안개와 허공 사이

　　―오규원,「오늘과 아침」부분

　이처럼 제유적 세계에서 개체들은 상호 소통하면서 공존하는 관계를 이룬다. 시인은 이러한 관계를 꿈꾼다. 왜냐하면 근대 이후의 세상은 숨 쉴 공간을 죽여가고 있기 때문이다. 생명체를 지속시켜야 할 역동적인 균형상태가 파괴된 것은 이미 오래다. 이러니 세계가 아프고 인간도 사물도

아프다. 그러나 시적 낙관은 낙관적 생명에서 비롯하며 나아가서는 순환하는 생명의 역사 인식에 도달한다. 영원한 것은 생명이고 유한한 것은 인간의 문명이다.

루이스 멈포드는 푸리에의 '나비 원칙'을 자주 언급한다. 나비가 이리 저리 날아다니듯이 사람 또한 도시와 시골, 인간과 자연 사이를 배회하여야 한다는 것이다. 물론 그가 거의 마흔 살에 시골로 영구적인 거처를 옮겼다는 것은 의미하는 바가 크다. 그렇지만 그가 우리에게 귀향이나 귀농을 권유하고 있는 것으로 보이지 않는다. 오규원 시인이 말하고 있는 바도 단순한 자연 귀의가 아니다. 무엇보다 잘못된 관계를 바른 관계로 바꾸어야 한다는 것이 이들의 주된 생각이다. 관계의 재구성 없이 어떠한 변화를 기대하는 것은 불가능하다.

안도현의 시

안도현의 시를 말하기 위해 카프라를 빌었다. "생명의 그물". 이 말 속에 안도현이 추구하는 세계가 고스란히 담겨 있는 것 같다. 그는 새로운 관계의 탐구에 몰두한다. 즉 생명의 원리에 의해 상호 연결되는 관계를 찾고 있는 것이다. 이러한 관계는 궁극적으로 생태적 공동체라고 할 수 있는 새로운 세계의 내적 원리가 된다. 생명과정들 상호간의 의존성은 생태적 관계의 본질이다.

그런데 인간과 자연을 생명의 그물로 이해하는 것은 굳이 카프라를 빌지 않아도 된다. 우리의 전통적 사유가 이와 다름없기 때문이다. 모든 관계를 무차별적으로 파편화시키는 근대에 대한 환멸의 경험은 우리에게 이러한 전통으로 세계를 재구성할 것을 요구한다. 이제 전통은 근대에 대한 단순한 반립(反立)이 아닌 대안으로 다가오고 있는 것이다. 자연을 재문맥화하고 관계들을 재구성하는 일이 당위의 하나가 되었다. 이는 자본이 지배하는 사회적 공장에서 새로운 자유의 공간을 만드는 일과 유관한데, 시인이야말로 이러한 일에 가장 오래된 희망이 아닌가 한다. 안도현의 시가 보여주는 생명에 대한 천진난만의 감각은 근대라는 거대한 무덤에서 새싹이 움트는 것처럼 느껴진다.

> 남대천 상류 물푸레나무 속에는
> 연어떼가 나무를 타고
> 철버덩거리며 거슬러 오르는 소리가 들린다
> 나무가 세차게 흔들리는 것은 바로 그 때문이다
> 물푸레나무가지 끝에 알을 낳으려고
> 연어는 알을 낳은 뒤에 죽으려고
> 죽은 뒤에는 이듬해 봄 물푸레나무 가지 끝에

수천 개 연초록 이파리의 눈을 매달려고

연어는 떼지어 나무를 타고 오른다

나뭇가지가 강줄기를 빼 닮은 것도 바로 그 때문이다

—안도현, 「강과 연어와 물푸레나무의 관계」 전문

　　이 시가 말하고자 하는 것은 생명의 상호 의존적인 관계이다. "강과 연어와 물푸레나무"들은 생명의 그물로 연결되어 있다. 이들은 개별의 대상으로 그려질 수 없으며 생명의 과정을 함께 한다. 즉 서로 제유적인 관계를 갖는다. 제유가 내적 연관성에 바탕한 인식이라는 것은 말할 필요가 없을 것이다. 케네스 버크나 헤이든 화이트에 의하면 제유의 사유는 유기론으로 나타난다. 유기론은 개별성과 전일성의 상관관계라는 패러다임을 지니며 모든 존재가 유기적으로 연속되어 있다는 것을 원리로 삼는다. 안도현은 이 시를 통해 제유적 사유와 유기적 세계관을 제시하고 있는 바, 이는 개인주의 혹은 주체중심주의에 바탕을 두고 있는 근대의 왜곡된 관계에 대한 우회적 비판이 된다.

　　우리에게 오래 전부터 전해져 오는 대대(對待)라는 말은 유기적 관계를 나타내는 데 적합하다. 이 말은 모든 것은 타자를 향해 마주 서 있으나 그 또한 타자를 기다려서 비로소 존재한다는 의미를 지니고 있는데, 이는 관계가 생명의 그물에 다름없다는 것을 뜻한다고 볼 수 있다. 우리가 서구의 개인주의와 기계론적 세계관에 의해 공동체가 파괴되는 근대를 경험하였다면, 이를 극복하기 위해 동아시아적인 생명적 세계관을 재구성하는 일은 매우 시급한 일이라 할 수 있다. 적어도 안도현의 시가 이러한 문제의식을 시사하고 있다고 나는 생각한다.

고래를 기다리며

나 장생포 바다에 있었지요

누군가 고래는 이제 돌아오지 않는다, 했지요

설혹 돌아온다고 해도 눈에는 보이지 않는다고요

나는 서러워져서 방파제 끝에 앉아

바다만 바라보았지요

기다리는 것은 오지 않는다는 것을

알면서도 기다리고, 기다리다 지치는 게 삶이라고

알면서도 기다렸지요

고래를 기다리는 동안

해변의 젖꼭지를 빠는 파도를 보았지요

숨을 한 번 내쉴 때마다

어깨를 들썩이는 그 바다가 바로

한 마리 고래일지도 모른다고 생각했지요

—안도현, 「고래를 기다리며」 전문

이 시는 시인의 뛰어난 직관을 보인다. 그리고 이러한 직관의 배후에 제유적인 인식이 놓여 있음을 알기는 어렵지 않다. 이 시에서 바다는 화엄(華嚴)과 다를 바 없다. "전체가 하나 속으로 들어와 있고, 하나가 전체 속으로 투영되어 있다."는 화엄은 바다와 고래의 관계로 유비된다. 오지 않는 고래를, 보이지 않는 고래를 바다를 통해 본다는 것은 상상의 비약으로 처리될 문제가 아니다. 그보다 생명의 내적 연관성에 관한 인식의 문제로 보아야 한다. 여기서 생명은 단순한 살아 있음이 아니라 타자와의 교류를 통하여 존재하는 것, 만물의 상호 교류성을 표현한 것을 의미한다. 따라서 바다는 이미 고래를 포함하고 있으며 고래 또한 바다에 의해 존재하는 것이다.

이처럼 안도현은 삶을 분자화된 개별로 보지 않는다. 그는 한 개체뿐만 아니라 개체와 개체 사이의 유기적 관계를 전제한다. 모든 관계를 생명의 관점에서 보는 것이다. 이러한 관점을 동아시아적 사유를 잘 모르는 케네스 버크조차 "고상한 제유"라고 한 바 있다. 이는 가장 이상적인 제유로서 소우주와 대우주가 동일하다는 것이다. 그러나 우리의 근대 모방은 우리 속에 내재한 '고상한' 전통을 망각한다.

안도현의 시는 이러한 망각으로부터 우리를 일깨운다.

> 점심 먹을 때였네
> 누가 내 옆에 슬쩍, 와서 앉았네
> 할미꽃이었네
> 내가 내려다보니까
> 일제히 고개를 수그리네
> 나한테 말 한 번 걸어 보려 했다네
> 나, 햇볕 아래 앉아서 김밥을 씹었네
> 햇볕한테 들킨 게 무안해서
> 단무지도 우걱우걱 씹었네
> ─안도현, 「봄 소풍」 전문

어떻게 보면 천진한 아이의 심상조차 느껴지는 시이다. 자연을 의인화한 것도 그렇고 시적 화자의 태도도 그러하다. 그러나 이러한 천진함은 아이의 심상이라기보다 자연에 대한 겸손에 유래한다. 또한 할미꽃과 햇빛과 인간이 자연이라는 하나의 문맥 속에 있다는 인식과도 관련된다. 다시 말해서 이 시는 공진화(共進化)의 가치를 새삼 일깨우고 있는 것이다. 이 점은 의인관(擬人觀)의 기원을 통해서도 알 수 있다. 자연을 타자화하는 주체로서의 인간이라는 근대적 관점을 내포하기 이전에 의인관은 자연으로서의 인간을 의미하는 방식이었다. 안도현이 의인법을 자주 시쓰기에 활용하는 것도 자연의 일부로서의 인간이라는 문맥과 관련된다. 이러한 점에서 그의 의인법은 주체철학에 기초하여 자연을 인간에 동화시키는 여타의 의인법과 구분된다. 오히려 그는 이것을 자연과 인간의 유기적 관계를 드러내고 대등한 타자들로서 자연과 인간이 대화를 나누어야 한다는 점을 보이기 위한 수사학적 장치로 사용한다.

모과나무는 한사코 서서 비를 맞는다
빗물이 어깨를 적시고 팔뚝을 적시고 아랫도리까지
번들거리며 흘러도 피할 생각도 하지 않고
비를 맞는다, 모과나무
저놈이 도대체 왜 저러나?
갈아입을 팬티도 없는 것이 무얼 믿고 저러나?
나는 처마 밑에서 비 그치기를 기다리고 있다가
모과나무, 그가 가늘다가는 가지 끝으로
푸른 모과 몇 개를 움켜쥐고 있는 것을 보았다
끝까지, 바로 그것, 그 푸른 것만 아니었다면
그도 벌써 처마 밑으로 뛰어들어왔을 것이다
　　　　　　　　　　　　　─안도현, 「모과나무」 전문

이 시는 발상에서 재미를 느끼게 한다. 이 시를 통하여 박덕규가 말한 "아이처럼 밝아지는 얼굴"과 대면하게 된다. 그런데 이러한 천진난만함의 감각이 지니는 의의는 무엇일까. 그것은 우리가 유년을 잊고 사는 것처럼 자연을 잃고 산다는 것을 깨우치는 효과가 아닌가 한다. 낯설게 하기의 효과를 굳이 들지 않더라도 언술의 천진성이 우리를 정화(淨化)하는 효력을 지녔음을 지적할 수 있을 것이다. 또한 이것은 발견의 화법으로 이어져 인간중심의 인식을 해체하기도 한다. 결구(結句)가 그러한 바, 이는 아이의 천진한 눈이 더 많은 생명의 활력을 볼 수 있음을 시사한다. 그만큼 근대는 늙은 어른의 세계라는 것이다. 물론 근대 그 자체는 끊임없는 변화를 갈구하는 청년의 세계이다. 그러나 오늘날 우리는 그 청년의 패기가 인류의 재앙이 되고 있음을 안다. 안정을 모르는 청년으로서의 근대는 그러나 덧없음을 남긴다. 모든 것은 신속하게 사라진다. 그러나 유기적인 자연은 항상적인 생명력을 지닌다. 이는 처마 밑으로 뛰어들지 않는 모과나무로 비유되고 있다.

자연은 위계를 갖지 않는다. 위계를 만드는 것은 인간일 뿐, 자연은 그 모두가 저절로 자기발생하는 하나의 생명의 과정에서 참여자로 상호작용한다. 유기적 세계관은 처음부터 평등의 관계를 그 내용으로 하고 있다. 안도현이 작고 보잘 것 없는 것과의 대화에서 삶의 많은 의미들을 발견하는 것은 이러한 유기적 세계관과 관련된다.

> 그런데 눈은 왜 저렇게 크나?
> 저 눈으로 바닷속을 다 둘러보았다면
> 지금, 나 같은 것
> 眼中에도 없으리
> —안도현, 「제주 자리젓」 부분

"제주 자리젓"을 먹으며 이러한 생각을 한다는 데서 우리는 안도현의 시적 개성을 매우 직절(直截)하게 만난다. 특유의 순진한 시선과 그 속에 깃들어 있는 의미의 심장(深長)이 함께 읽혀진다. 물론 이러한 개성의 이면에 제유의 사유와 유기적 세계관이 놓여 있음을 재론할 필요는 없을 것이다. 무엇보다 중요한 것은 그의 사유와 세계관이 아니라 그가 보이는 구체적인 시적 담론이다. 그의 시적 성취는 자신의 세계관을 주장하는 데서 오는 것이 아니며 그 세계관을 몸소 시로써 사는 데서 온다. 그리고 이것은 그가 우리 삶을 새로운 관계로 재구성하는 데 실천적 관심을 갖고 있다는 사실과도 무관하지 않다. 생태적 공동체에 대한 그의 희망과 갈구는 비록 지금은 난폭하게 질주하는 근대의 소음 속에 묻힌다 하더라도 언젠가 하나의 대안적 흐름이 될 것이다.

제유적 시 쓰기의 다양성

떠나고 싶은 자
떠나게 하고
잠들고 싶은 자
잠들게 하고
그리고도 남는 시간은
침묵할 것.

또는 꽃에 대하여
또는 하늘에 대하여
또는 무덤에 대하여

서둘지 말 것
침묵할 것.

그대 살 속의
오래 전에 굳은 날개와

흐르지 않는 강물과

누워 있는 누워 있는 구름,

결코 잠깨지 않는 별을

쉽게 꿈꾸지 말고

쉽게 흐르지 말고

쉽게 꽃피지 말고

그러므로

실눈으로 볼 것

떠나고 싶은 자

홀로 떠나는 모습을

잠들고 싶은 자

홀로 잠드는 모습을

가장 큰 하늘은 언제나

그대 등 뒤에 있다.

— 강은교, 「사랑법」 전문

롤랑 바르트는 『사랑의 단상』을 쓴 동기를 추방된 것이
곧 긍정의 장소가 된다는 사실에서 찾았다. 과연 그러한 것

이 오늘날의 삶에서 진정한 것은 모두 추방된 비전 속에 있다. 가령, 자연과 생명 같은 것. 또한 사랑이나 서정. 그러므로 사랑을 말하는 연시를 쓴다는 것은 새로운 희망의 현상학을 제시하는 일과 다르지 않다. 강은교의「사랑법」이 그러하다.

사랑이 오랜 시의 테마인 것은 그것이 시적 비전과 유사한 데 기인한다. 시적 지향과 같이 사랑은 진정한 관계를 형성하고자 한다. 그런데 이러한 관계를 동일성이라는 단일한 원칙으로 설명하는 것은 한계가 있다. 이는 동일성이 틀렸다는 것이 아니라 그것이 지닌 중심주의의 흔적 때문이다. 이와 같이 자아중심적인 나르시스의 사랑을, 그 순결함에도 불구하고, 진정한 사랑이라고 말하지 않는 이유는 그것이 안고 있는 폭력성(죽음)에서 찾아진다. 그렇다면 진정한 사랑은 이타성을 본질로 하는 바, 어떤 의미에서 현대성의 경계를 넘어서 있다고 하겠다. 그것은 삭제 표시를 해두어야 할 허공이므로 사랑에 관한 한 우리는 늘 미끄러지는 시니피앙들과 만날 수밖에 없다. 강은교의「사랑법」에서 이러한 사랑의 현상학을 시적 화자는 '침묵'이라고 말한다.

사랑의 정념은 부재에 대한 깊은 갈망만을 끊임없이 재생산한다. 그래서 사랑의 노래는 사랑의 완성에 관한 것이 아니라 의지의 고통스런 되새김이 된다. 사랑이 수다스러운 까닭이 여기에 있다. 그러나 강은교의 「사랑법」은 사랑의 수다스러움만을 의미하지 않는다. 오히려 사랑의 정념에 깃든 낭만적 허위를 직시하고 무의지의 원칙을 내세운다.: "서둘지 말 것/침묵할 것." 이러한 데서 여타의 연시들과 다른, 강은교 연시가 내포한 의의를 찾을 수 있다. 대부분의 연시들은 고통 속의 기쁨이라는 의식의 이중구조를 지닌다. 그래서 그것들의 수사학은 고통이 클수록 기쁨 또한 많아지는, 낭만적인 아이러니이다. 그리고 대부분의 연시의 주인공들은 늘 찾아가는 이들이고 길과 여행은 배경이 되며, 늘 길 위에서 길 떠나는 노래를 반복한다. 그런데 강은교의 연시는 이러한 대다수 연시들과 다른 의식 현상을 보인다. 그녀의 연시에서 주인공은 찾아가는 이도 아니며 그 대상과 만날 수 없어 절망하는 이도 아니다. 오히려 기다리고 침묵한다. 나아가서는 사랑의 대상을 구제적인 그/그녀에서 찾기보다 그/그녀 뒤의 배경에서 찾는다.

가장 큰 하늘은 언제나
그대 등 뒤에 있다.

'그대'라는 지칭은 그/그녀를 모두 포함하는 것이므로 쉽게 이 시를 여성적이라 규정할 수 없도록 한다. 그렇다고 시인의 신원을 들어 이 시를 여성적 화법을 지녔다고 말하는 것은 성급하다. 또한 남성적/여성적이라는 손쉬운 이분법에 깃드는 이데올로기를 생각한다면 강은교 특유의 사랑법을 여성적이라고 말해버리지 못하도록 만든다. 그렇지만 한 가지 분명한 것은 그녀가 이 시를 통하여 사랑이 자기중심적인 동일성의 원칙에서 발현되지 않는다는 사실을 강조하고 있다는 것이다. 그렇기 때문에 사랑의 대상을 있는 그대로 바라보면서 놓아두는 무의지의 원리를 보인다. 그런데 이러한 무의지를 수동성으로 받아들이는 것은 잘못이다. 이는 수동성이 아니라 동일시의 욕망이 내포한 비극을 역설한다. 따라서 대부분의 연시들이 비극적 서정시로 분류되는 것과 달리 강은교의 「사랑법」은 희극의 낙관 구조를 지녔다. 전자들이 현실과 사랑 사이에 가로놓인 심연에 의해 주인공들이 자주 좌절을 겪게 되는 모습을 보이는 것과 달리 후자는 가능성에서가 아니라 진정성에서 낙관적인 태도(물론 4연을 통해서 이것이 현실 수락 이후의 문제라는 것을 전제할 수 있다.)를 보인다.

수동적 적극성이라는 말이 있다. 이는 자연의 속성을 의미하는 데 자주 쓰이는 개념이다. 그런데 여기서 강은교의 사랑 개념이 이에 적합하다는 것을 알 수 있다. 적극적 의지의 (남성적) 파국과 수동적인 무의지의 (여성적) 낙관을 생각할 때 후자의 역설을 암시 받기에 충분하다. 전자에 의하면 사랑의 완성이라는 긍정의 세계는 끝내 열리지 않는다. 그러나 후자를 따를 때, 그것은 쉽게 열리지 않는 것일 뿐이다.

서정시의 역사만큼이나 연시의 역사도 길어 사랑의 담론이 끊임없이 변해 온 것을 알기 어렵지 않게 한다. 앤터니 기든스에 의하면 현대사회에서 낭만적 사랑의 이상은 하나의 환상에 지나지 않는다. 따라서 플라스틱 사랑이 운위된다. 사랑이 관념이 아니라 현실적 행위라면 이러한 지적이 옳다. 우리가 그만큼 순수한 관계가 형성될 수 없는 세계에 살고 있기 때문이다. 이러한 점에서 나르시스의 자기완결성이 의미 없지 않다. 여기서 두 가지 나르시시즘을 제시할 수 있는 바, 그 처음이 자기를 향한 것이고 다음이 타자를 향한 것이다. 옳고 그름을 떠나 작동하는 방식에 비춰 전자의 순결성이 후자의 폭력성에 비해 의미 있다. 그러나 현대는 후자의 나르시시즘이 지배하는 시대이다. 강은교의 「사랑법」에서 전자의 나르시시즘을 읽을 수 있다. 타자에 대한 무의지와 침묵에서 그렇다. 그러나 그녀의 나르시시즘에 폭력이 깃들지 않는다. 그녀가 '가장 큰 하늘'을 보고 있기 때문이다.

감나무 저도 소식이 궁금한 것이다

그러기에 사립 쪽으로는 가지도 더 뻗고

가을이면 그렁그렁 매달아놓은

붉은 눈물

바람결에 슬쩍 흔들려도 보는 것이다

저를 이곳에 뿌리박게 해놓고

주인은 삼십년을 살다가

도망 기차를 탄 것이

그새 십오년인데……

감나무 저도 안부가 그리운 것이다

그러기에 봄이면 새순도

담장 너머 쪽부터 내밀어 틔워보는 것이다

—이재무, 「감나무」 전문

　서정시를 자아의 문제로 환원하는 것은 잘못이다. 자아의 문제를 중시하는 이론이 대두한 것은 서구적인 근대 서정론이 도입되고부터다. 그러니까 서정을 자아와 연관시키는 것은 매우 근대적인 발상이라 할 수 있다. 본래 우리의 서정이론 전통은 서정을 자아에 가두어 두지 않았다. 이보다 자아를 지우거나 자아로부터 자연과 역사로 나아갔다. 경우에 따라 근대 서정시를 자아의 발견이라고 높이 평가하기도 하나 이는 단견에 가깝다. 종종 유교적인 아비튀스를 자아멸각의 강요와 관련시키고 따라서 근대에 나타난 서정적 자아를 억압된 것의 해방으로 등식화한다. 그러나 이것은 과장된 자아만 보았지 또 다른 억압을 보지 못한다. 자아 혹은 주체를 중시하고부터 자연은 억압의 대상이 되고 만다.

이재무의 「감나무」를 읽으면서 먼저 서정에 대한 그릇된 관념을 생각해 보았다. 만약 서정을 자아중심주의의 발현으로 받아들인다면 이것이 지닌 이타성은 전혀 드러나지 않을 것이다. 가령 「감나무」에서의 주된 시문법인 의인화도 대상의 자아화라는 관점에서 해석되거나 자연과 미분화된 의식 정도로 폄하될 것이다. 자아중심의 시론은 의인화를 가장 원초적인 수사학, 혹은 수사학 이전의 세계로 설명한다. 근대를 주술적 세계관의 미망에서 풀려나는 것으로 본 서구인들에 따르면 당연한 논리이다. 그렇다면 그들의 자연도 주체적인 발견의 한 현상에 불과하다. 산업문명의 발달에 따라 이에 대한 부작용을 우려한 나머지 발견된 것이 자연이라면 서구인들에게 자연은 여분에 해당할 따름이다. 그러나 오랜 동안 자연과 더불어 서정의 세계를 가꾸어온 우리에게 의인화는 가장 오랜 수사학의 전통이다. 또한 이것이 타자인 자연의 발견과 문맥을 달리 한다는 것은 어렵지 않게 이해할 수 있다.

「감나무」에서 감나무는 그러므로 단순한 대상이 아니다. 오히려 이것은 한 세계와 역사의 중심에 가깝다. 물론 여기서 중심이라고 해서 또 다른 중심주의(자연중심주의)로 오해해서는 안되며, 단순하게 이 시에서 중심이 되었다는 의미이다. 다시 말해서 감나무를 의인화한 자아가 시의 중심이 아니라는 것이다. 그러기에 성급하게 감나무를 세계수(cosmic tree)를 닮았다고 말하지 않는다. 다만 감나무가 그 주변의 세계와 역사를 표상하는 것이라 할 수 있다.

이 시는 감나무를 중심으로 그 주변의 세계를 말하고 이에 대한 시적 화자의 공감을 드러낸다. 그런데 여기서 주변의 세계는 이야기로 구성되어 있다. 이 이야기의 주인공은 감나무를 심어놓고 30년을 살다 도망 기차를 탄다. 그리고 15년의 세월이 흘렀다. 이야기의 내용은 간결하기만 하다. 다만 도망자가 되었다는 점이 그 어떤 심각한 사연을 암시한다. 암시에 그쳤다는 점에서 이야기는 이 시에서 중요한 역할을 하지 못한다. 이것은 이야기하기가 이 시의 주안점이 아니기 때문이다. 그렇다고 이러한 사실을 들어 시가 이야기를 억압한다고 말할 필요는 없을 것이다. 어차피 이야기는 시의 소관이 아니다. 그러나 이러한 이유에서 시가 이야기를 억압하는 것은 아니다. 시와 산문을 구분하기 좋아하는 이들은 쉽게 이야기성이 시와 무관하다고 말한다. 그들이야말로 시로써 이야기를 억압하는 이들이다. 어디까지나 시는 이야기를 통한 설득보다 정서적인 공감을 의도한다. 그러므로 감나무는 공감을 형성하기 위한 매개 장치이다. 이것은 이야기 주인공의 사연을 다시 암시하고 그 의미를 증폭시킨다. 특히 익은 감을 '붉은 눈물'이라고 한 부분이 그렇다. 이는 주인에 대한 단순한 그리움을 넘어 그가 억울한 피난자임을 전한다.

그렇다면 감나무를 의인화한 것은 누구인가. 감나무 스스로 말하는 존재가 아니기 때문에 우리는 쉽게 화자의 시선이 감나무에 투사되었다고 말한다. 과연 그런가. 그렇다면 애써 감나무를 시의 중심이라고 강변할 필요는 없을 것이다. 예의 화자 혹은 시적 자아 중심주의로 돌아가면 그만이니까. 그러나 감나무야말로 이 시의 중심이다. 이야기의 주인공-감나무-화자의 관계에서 감나무는 삼각형의 꼭지점이다. 주인공과 화자는 밑변으로 이어지는 바, 이들은 적어도 서로를 알고 있거나 매우 친근한 관계이다. 화자는 주인공의 내력을 알고 있고 그에 공감하고 있다. 이는 감나무를 향한 시선에서 알 수 있다. 시선은 인식과 같은 것이니까. 그러나 감나무가 시의 중심이라는 것이 그것이 시 속에서 매개되었다는 것만을 의미하지 않는다. 물론 매개만으로도 큰 의미를 지닌다. 가령 감나무가 없었다면 이 시는 쓰여지지 않았을 수도 있다. 그렇지만 무엇보다 감나무가 지닌 자질에 주목되어야 한다. 그것은 순환하는 계절에 따라 변함없이 자리를 굳건하게 지킨다. 봄-여름-가을-겨울로 이어지면서 변화하는 외양은 자리지킴이라는 내적 본질에 의해 조화된다. 감나무의 이러한 물질적 상상력에 기대어 이 시는 사람살이의 역리와 자연의 순리를 묘하게 포갠다. 더욱 감나무의 의미가 커질 수밖에 없다.

이 시의 궁극은 조화에 있다. 조화가 깨어진 인간사를 의인화된 감나무를 통해 말한다. 물론 화자의 시선이 감나무에 개입한 것이다. 이로써 감나무의 매개로 시 속의 주인공과 화자는 공감의 세계를 형성한다. 그러나 여기서 간과할 수 없는 것은 감나무 본래의 자질이다. 모든 변화를 자기 속에 포용하는 자연의 원칙을 감나무가 보여줌으로써 사람살이의 부족한 부분이 무엇인가를 전한다. 마지막으로 화자의 투명한 시선에 대해 언급할 필요가 있다. 이것이야말로 모든 것을 자아화하는 것이 시의 목적이 아니라는 것을 말하고 있는 동시에 나아가서 시가 모든 관계를 조화롭게 하고 생명이 숨쉬게 하는 이타적 발화방식임을 역설한다. 좀 더 비약하여 말하면 「감나무」는 근대적 시선이 내포한 자아중심주의를 넘어 나와 너가 공통의 문맥이 되게 하는 관계학을 상정한다.

시는 서정이라는 울타리에 가둘 수 없을 만큼 다양하다. 시를 시행발화라는 최소정의에 두자는 제안(디히터 람핑)이 의미 있게 받아들여진다. 실제 서정시라고 불릴 수 있는 '순수한' 양식은 관념에 가깝다. 여러 경향의 서정시가 있을 수 있는데 특히 산문시(혹은 서술시)의 존재는 앞서 언급된 최소정의인 시행발화의 원칙조차 무너뜨린다. 이런 연유에서 '시행발화'보다 "시인에 의한 시행의 종결이 시를 결정한다."는, 더 진전된 최소정의를 들 수도 있다. 서정시에 대한 규정으로 그동안 잘 알려진 개념들은 회감(回感), 서정적 자아, 자기표현 등이다. 먼저 회감은 서정의 원천을 과거에 둔다. 시혼의 본성이나 원초적인 경험의 영역이 과거의 시간 속에 있다는 것이다. 이러한 입장을 그대로 받아들인다면 자연스럽게 서정시인은 보수적인 전통주의자가 될 수밖에 없다. 물론 '오래된 미래'와 같은 모순어법을 통하여 과거를 미래의 원천으로 삼자는 제안이 없는 것은 아니다. 하지만 서정의 시간은 보다 적극적인 형태로 재해석되어야 한다. 그것은 확정할 수 없는 근원을 상정하여 시적 지향을 확대하는 일과 연관된다. 서정이 지향하는 시간은 주어진 특정의 시간이 아니라 지금–여기의 삶에 의미를 부여하는 방향으로 이해될 수 있는 것이다. 전통적인 서정시가 과거를, 모던 서정시가 미래를 지향한다면 포스트모던 서정시는 현재의 상황에 충실한 카이로스의 시간을 탐구한다. 이러한 관점에서 서정적 회감은 현상에 구체적으로 다가가는 감각의 지속이라는 의미로 재인식될 수 있다.

시가 개인의 자기표현이라는 개념은 문학제도 안에서 재생산되면서 단색적인 나르시시즘을 확대 재생산하였다. 시인의 개성이 지닌 지위를 과도하게 인정하는 관습은 시인이라는 사회적 계급의 탄생을 이끌 뿐만 아니라 이들 집단과 사회의 분리를 조성하기도 한다. 그러나 서정적인 자아의 직접적인 독백은 서정시의 일반적인 형식이 아니며 '극단적인' 형식에 불과하다. 오히려 서정시의 주체는 다양한 종류의 삶의 경험이 한 개인에 의해 시적으로 변형된 것으로 보아야 한다. 모더니티를 지배하는 주체중심주의를 내려놓고 끊임없이 타자가 되려는 연습—'역할의 나르시시즘'—은 새로운 서정시의 지평이다. 서정적 주체는 단일한 '나'의 동일성으로 회귀하거나 그것을 지키려는 주체가 아니라 타자와 만나고 이타성과 연대한다. 여기서 우리는 서정시와 관련한 역설—서정시는 가장 주관적인 문학의 종류 중 하나이지만 그럼에도 다른 그 어떤 것만큼이나 보편적인 것을 지향해 온 것—에 주목할 필요가 있다. 이러한 입장을 받아들일 때 서정적 주체는 부분적이고 개별적이기보다 시대적이고 역사적인 성격, 문화의 큰 움직임을 만들어내는 동시대인의 전형적인 형상으로 볼 수 있는 것이다. 이처럼 서정시는 자신과 자신의 감정에 대한 말이 아니며 드러난 관점, 사물에 대한 주체적 태도와 평가라 할 수 있다.

오어사 가서 얻은 한 생각이 뇌로 가지 않고 위장으로 창자로 똥구멍으로 간다 원효와 혜공이 물고기를 잡아먹고 똥을 누자 고기들이 펄쩍펄쩍 뛰며 되살아났다는데

글이 뇌를 절개하고 들어오는 것을 나는 바라지 않는다 생각이 생각을 저미는 것을 나는 원하지 않는다 살과 적혈구와 뼈와 호르몬과 젖산들은 왜 손을 놓고 있나

땅에 뿌리를 내린 생명이 땅을 지배할 수 없는 법 몸의 정교함과 몸의 생기에 비해 뇌의 생각들은 얼마나 잡스럽고 천박하고 조악하고 권위적이고 포르노적인가

생각이 오월 강 찾아온 은어떼처럼 푸드덕 몸 거슬러오르지 못하고 몸은 철철 흐르는 강이 되지 못하고 몸을 통과한 생

각들이 똥구멍을 지나 펄쩍펄쩍 살아나지 못하고

—백무산, 「오어사(吾魚寺)에서」 전문

존재에 대한 뼈아픈 성찰을 담고 있는 시가 아닌가 한다. 적어도 이 시는 우리 시대의 삶이 포르노그래피와 같이 실재에 의해 생명력을 얻는 것이 아니라고 말한다. 뇌에 가득 들어찬 생각들은 시장의 이미지들로 그득하다. 즉 노예적인 욕망들에 의해 몸이 조종당하고 있는 것이다. 시인은 거짓된 이미지로 존재하는 현대적 삶의 전형을 이 시를 통해 보여주고 있다. 시가 기껏해야 시인 자신을 말하기 위해 쓰인 것이라면 우리가 애써 그것에 관심을 기울일 까닭은 없다. 또한 그것이 순수한 언어로 된 미적 구조물이라 하더라도 분석과 해석을 좋아하는 호사가의 취미를 충족할지는 모르나 우리가 그토록 주목하는 대상이 되지는 못할 것이다. 그러므로 인용한 시가 보여주듯이 개인성의 성벽을 무너뜨리고 세계의 진실에 육박하는 데서 '시적 정의'가 발현된다.

낭만주의에서 다시 주목되는 것이 있다면 그것이 추상화되어 가는 사회에서 구체성의 느낌을 회복하려 했다는 사실이다. 마찬가지로 생의 철학들은 생의 욕구와 활력에 집중한다. 둘 다 모두 자본주의 근대사회의 추상화에 대한 대응이다. 여기서 추상화는 '일반화된 등가성(generalized equivalence)'과 흡사한 개념이다. 이것은 특이성을 표준화하고 중립화하여 현재의 자본주의적 실존에 대한 위협이 되지 못하게 무력화한다. 이처럼 추상적으로 재편된 세계에서 특이성을 회복하고 창조하는 작업–재특이화(resingularization)는 시적 생산의 핵심원리이다. 추상화는 삶이 교환관계의 회로에 편입되고 교환가치에 의해 지배되는 것이라 할 수 있고 재특이화는 사용가치의 회복을 의미한다. 구체적인 삶을 계열화하고 제도화하는 추상화는 사물들의 불활성 속에서만 고요함을 찾는 공중된 지식이다. 추상화에 대립하는 구체적(concret)은 그 어원에서 사람들이 함께 성장하도록(cum crescere) 하는 것, 존재하게 해주는 시간, 다른 이들과 함께 나누는 시간을 뜻한다. 구체적인 것은 삶과 상황과 존재의 활성화에 다를 바 없다. 시는 이러한 구체적인 것, 감각적 특수성을 드러내는 것이다.

추상화에 대한 시적 저항은 어떻게 이루어지는가? 이는 윤리적이자 미적인 실천을 요구한다. 진–선–미의 위계를 해체하면서 시학은 재현(representation)과 표현(expression)과 현현(presentation)의 지위를 변화시킨다. 재현은 이미 존재하는 대상 혹은 세계에 국한된 소통이라면 표현은 새로운 것을 잉태, 발견, 실현하는 사유, 특이성을 생성하는 사유라 할 수 있다. 하지만 표현은 이러한 생성적 측면에도 불구하고 주체에 치우쳐 있다는 한계를 지닌다. 이에 반하여 현현은 현상학적인 직접성으로 사물과 타자들이 나와 더불어 현전하는데, 실재에 대한 경험을 재창조하고 되살리는 과정에 다를 바 없다.

> 장미는 몸을 마르게 한다
> 몸의 물기를 다 앗아간다
> 장미는 눈을 분화구처럼 푹 꺼지게 한다
> 몸은 장미에게 학대받는 짐승이다
> 장미는 몸을 지지는 전기고문기술자다
>
> 나는 내가 이 고통을, 아니 장미를 견뎌낼 수 없기를 바란다
> ─조용미, 「장미라는 이름의 고통」 전문

이 시에서 주체와 대상은 분리되어 있지 않다. 그렇다고 어느 일방의 작용에 이끌리고 있는 것도 아니다. 주체는 사물들의 변화에 순응하는 것이 아니라 그것이 이끄는 '고통'을 감수한다. 결코 수동적이지도 능동적이지도 않는 상황이 연출되고 있는데 시는 그러한 현재를 현현한다. 또한 시적 대상인 '장미'는 하나의 사물로 재현된 것이 아니다. 이

미 이러한 재현을 초과하여 역동적이고 동사적인 모습으로 현현된다. 이러한 현현은 무엇보다 먼저 표현에서 말하는 주체의 위상을 교정한다. 시인은 이렇게 말한다.: "시선의 힘, 그 신비하고 강력한 무언의 말을 나는 믿는다. 시선은 최대의 언어다. 세계는 나를 바라본다. 삐걱삐걱 몸에서 이쁜 소리가 난다." 여기서 시선은 근대적인 주체가 지닌 시선의 권력을 의미하지 않는다. 그것은 주체의 외부에서 오는 것. 그래서 '세계는 나를 바라본다.' 이처럼 현현은 시각화(visualization)의 과정을 교정하며 은유와 이미지에 대한 통념을 수정한다. 표현에서 은유는 주체의 동일성으로 사물을 끌어가지만 현현에서 은유는 주체와 외부와의 끊임없는 교섭 혹은 실재에 이르려는 원초적 행위에 가깝다. "몸을 지지는 전기고문기술자"처럼 은유는 탈각의 고통을 요구한다. 시인은 이러한 고통을 기쁨으로 받아들이고 희열로 승격시키는 존재이다. 이 대목에서 "삐걱삐걱 몸에서 이쁜 소리가 난다"는 시인의 말을 상기하자. 이러한 시인의 경험은 외부의 한정되지 않은 원천을 향한 고통의 도정이라 할 수 있을 것이다.

백무산의 「오어사에서」가 말하고 있듯이 모더니티는 다양한 욕구들을 제도의 방책에 가두고 자연과 몸의 생기(生氣)와 일상적 삶의 활력들을 부차적인 것으로 만들었다. 시인은 모더니티에 의해 억압되고 가려진 실재에 대한 경험을 되살린다. "우리 삶의 가장 어둡고 멀리 떨어져 있는 부분의 부활"(옥타비오 파스)인, 이러한 과정에서 외부를 향한 나아감(extension)과 내부의 강렬함(intension)이 만난다. 이때 시어는 실재에 대한 은유가 되고 이미지는 다른 것의 수단이 된 재현의 이미지가 아니라 이미지 그 자체가 목적이자 의미인 이미지, 구체적인 실재로 현현된다. 그런데 이러한 이미지는 시인의 살아 있는 감각의 소산이지만 독서라는 행위를 통해 살아난다. 시인과 독자가 이미지를 공동 구성하는 가운데 시는 추상화된 사회에 저항하는 정치적 사유의 계기가 된다. 시의 정치는 시가 담는 내용의 정치성을 의미하지 않는다. 이보다 시를 통하여 잃어버린 존재를 되찾고 자기 자신을 회복하는 과정과 연관된다.

존재하는 것은 타자와 사물과의 관계 속에 있는 것이다. 사물과 타자 그리고 세계와 만나는 것은 존재의 피할 수 없는 숙명이다. 자아 동일성이라는 개념조차 타자와의 관계를 전제한다. 실제 에릭슨도 이 점을 염두에 두었다. 그러므로 세계의 자아화, 자아 동일성의 획득이 시인의 과업일 수는 없다. 오히려 자아의 세계화, 자아 동일성의 수정과 해체야말로 시인이 갈 길이다. 그러나 현대는 시인의 자아를 정체성에 포박한다. 고통 속에서 자아의 감옥을 벗어난 시인들은 타자와 세계와 만나게 되는데, 모더니티를 극복하려는 시인들은 자아를 벗어나는 것을 당연하게 생각한다. 이는 자아가 결코 모든 시간과 공간의 주인이 될 수 없다는 것을 알기 때문이다. 따라서 자아에서 자기 그리고 상위-존재로 나아가고 사적 존재는 사회적 대존재가 되는 주체의 분해는 필연적이다. 그런데 주체에서 사물로 그리고 세계로 이월하는 시적 경험을 설명하는 데 요긴한 개념은 지평이다.

안개가
나뭇잎에 몸을 부빈다
몸을 부빌 때마다 나뭇잎에는 물방울들이 맺힌다
맺힌 물방울들은 후두둑 후둑 제 무게에 겨운
비 듣는 소리를 낸다
안개는, 자신이 지운 모든 것들에게 그렇게 스며들어
물방울을 맺히게 하고, 맺힌 물방울들은
이슬처럼, 나뭇잎들의 얼굴을 맑게 씻어준다
안개와
나뭇잎이 연주하는, 그 물방울들의 和音,
강아지가
제 어미의 털 속에 얼굴을 부비듯

무게가

무게에게 몸 포개는, 그 불가항력의

표면 장력,

나뭇잎에 물방울이 맺힐 때마다, 제 몸 풀어 자신을 지우는

안개,

그 안개의 粒子들

부빈다는 것

이렇게 무게가 무게에게 짐 지우지 않는 것

나무의 그늘이 나무에게 등 기대지 않듯이

그 그늘이 그림자들을 쉬게 하듯이

　　—김신용, 「부빈다는 것」 전문

　　주체에게 외부는 항상 무한성, 초월성으로 다가온다. 유
한한 주체가 그 외부를 모두 파악할 수는 없는 일이어서 보
이지 않고 설명되지 않는 환원 불가능한 여백은 항존하기
마련이다. 외부는 부재 혹은 침묵에 가깝다. 인용 시에서
안개와 나뭇잎의 관계가 물방울들을 형성하는데 이는 강
아지가 제 어미의 털 속에 얼굴을 부비는 행위를 상기한다.
이러한 사물들의 관계는 '표면장력'이라는 우주적 지평으
로 열려 있지만 그 단초는 '안개의 입자들'에 있다. 이로써

보이는 것과 보이지 않는 것, 존재하는 것과 부재하는 것은 유기적 전체를 형성한다. 이처럼 사물을 낱낱으로 소외시키지 않고 전체적 연관에서 느끼고 받아들이는 시인은 경험 속에 주어진 사물들이 무한히 열린 바깥과 연관되어 있음을 말하고, '화음', '부빈다는 것'의 의미들을 접합함으로써 세계와의 관계에 내재한 전망을 제시한다. 확실히 이러한 전망은 변증법과 다른 지향이다. 존재와 잡다한 사물들의 세계, 그리고 자연을 변증법으로 해명할 수 없는 일이다. 오히려 있는 그대로의 단순한 수동성의 운명이 시인의 전망 속에 펼쳐져 있다.

5
제유의 의의

　지금까지 한국 시학과 수사학 논의에서 제유는 주변에
있었다. 나는 이처럼 주변에 있던 제유 이론적 위상을 근본
비유라는 차원으로 격상시키고자 했다. 이러한 나의 입장
은 단순하게 특수성을 과장하여 일반화하려는 의도와 거
리가 멀다. 실제 은유중심주의로 축소되기 이전의 수사학
에서 제유는 은유, 환유, 아이러니 등과 대등한 위상을 지
닌다. 또한 문화인류학자들의 연구에 의하면 제유는 은유
와 환유보다 더 근본적이다. 특히 유기론적 사유가 지배적
인 기원으로 거슬러 가면 제유의 위상은 은유에 앞서게 된
다. 유기론과 시학의 관련 양상은 동아시아의 오랜 전통이
다. 이러한 전통과의 연관성에서도 제유의 수사학이 주목

받아야 할 근거가 있다. 그런데 무엇보다 제유의 수사학이 강조되는 대목은 근대 시학의 은유중심주의와 주체중심주의가 내포한 한계인식이다. 유기론을 통하여 근대시학의 한계를 극복하고자 할 때 제유의 수사학은 새로운 흐름으로 대두하게 된다.

한국현대시사에서 제유의 수사학을 시사한 이는 조지훈이다. 그는 시를 보편생명의 현현으로 인식한다. 생명의 개별성은 보편생명에 대한 제유적 표현이기 때문에 개별생명의 본성 속에 벌써 생명의 전일성이 내재해 있다는 것이다. 여기서 시인–시–보편생명의 관련성이 하나의 연속성 위에서 설명되어진다. 시인의 생명의 본성과 우주의 보편생명이 내재적 관계에서 하나의 전체를 이루고 있는 것이다. 이러한 제유적 연관에서 시는 개체에서 보편으로, 부분에서 전체로의 내적 연속성을 얻고, 우주의 본질적 원리를 구현하는 차원에 이르게 된다. 시작은 하나의 소우주를 창조하는 과정이다. 이것은 경험세계의 혼돈으로부터 조화와 질서의 세계를 창조하는 것이다. 한편의 시는 우주의 조화와 질서의 현현이다.

그런데 야콥슨의 이분법을 주류적인 이론틀로 받아들이는 이들은 제유의 지평을 객관화하지 못한다. 오규원의 '날이미지' 시학은 실제 제유의 수사학을 의미한다. 하지만 그는 이를 환유의 한 형태로 간주하고 있다. 제유의 수사학은 안도현의 시에서 일정한 성취를 보인다. 그의 시에서 모든 사물들은 생명의 그물로 이어져 있다. 한국 현대시에서 제유의 수사학이 어떠한 양상으로 그 스펙트럼을 보이고 있는지에 대한 분석은 앞으로 해명되어야 할 과제이다.

제유의 수사학은 근대 속에서 근대를 비판하지 않는다. 그래서 미학의 차원에서 이것이 근대 부정을 통하여 이끌어 내고자 한 것이 미적 근대성에 귀결되는 것은 아니다. 그렇기 때문에 생명시학이 전개한 뚜렷한 기획은 없으며 본질을 수단화함으로써 당면한 근대의 무질서와 혼란을 견디고자 한다는 일면도 없지 않다. 그러나 제유의 시학적 가능성은 근대에 대한 대안적 지평과 관련된다. 즉 자연과 만물에 대한 제유적 인식은 근대의 기계론적 환유의 세계관을 극복하는 대안으로 제시되고 있는데 이를 생명시학, 혹은 제유의 수사학이 지닌 탈근대적 전망이라고 할 수 있다. 여기에 제유를 근본비유로 설정하는 의의가 있을 것이다.

구모룡

1959년 밀양에서 태어났으며 대학과 대학원에서 시론과 문학비평을 전공했다. 1982년 「조선일보」 신춘문예에 문학평론 「도덕적 완전주의─김수영의 문학세계」 이 당선되었다. 1993년부터 한국해양대학교 동아시아학과에서 지성사, 동아시아 미학, 문화연구 등을 가르치면서 공부하고 있다. 저서로 『앓는 세대의 문학─세계 관과 형식』, 『구체적 삶과 형성기의 문학』, 『한국문학과 열린 체계의 비평담론』, 『신생의 문학』, 『문학과 근대성의 경험』, 『제유의 시학』, 『지역문학과 주변부적 시 각』, 『시의 옹호』, 『감성과 윤리』, 『근대문학 속의 동아시아』, 『해양풍경』, 『은유 를 넘어서』, 『예술과 생활─김동석문학전집』(편저), 『백신애연구』(편저) 등이 있다.

시인수업 02
제유

1판 1쇄 찍은 날 2016년 12월 5일
1판 1쇄 펴낸 날 2016년 12월 12일

지 은 이 구모룡
펴 낸 이 김완준
펴 낸 곳 모악
출판등록 2016년 1월 21일 제 2016-000004호
주 소 전북 전주시 덕진구 기린대로 418 전북일보 5층 (우)54931
전 화 063-276-8601
팩 스 063-276-8602
이 메 일 moakbooks@daum.net

ISBN 979-11-957498-6-7 (03810)

* 이 도서의 국립중앙도서관 출판예정도서목록(CIP)은 서지정보유통지원시스템 홈페이지 (http://seoji.nl.go.kr)와 국가자료공동목록시스템(http://www.nl.go.kr/kolisnet)에서 이용하실 수 있습니다.(CIP제어번호: CIP2016027956)

* 이 책의 내용을 재사용하려면 지은이와 모악의 서면 동의를 받아야 합니다.

값 6,000원